流浪的三十九巷酒吧

傑維恩

導讀

流浪的三十九巷酒吧

必須度過一關關的歧視、孤獨、反省、成長和面對，才能更拉近自己與虹之間的距離。

——〈流浪的三十九巷酒吧〉

這是一本書寫男同志的小說。作者在開場的同名短篇〈流浪的三十九巷酒吧〉打造了一間有如龍貓公車一般行止不定、來去任意的活動酒吧。酒吧不見容於社會，所以流浪；酒吧裡的同志，畢生追求成為「虹」的一體——作者藉由同志文化「彩虹旗」的包容意涵，指出成為虹的條件是「徹底擺脫歧視」。〈流浪的三十九巷酒吧〉藉由半童話的情節，強調彩虹（旗）反歧視的精神，也透露出一絲弔詭：面對不完全開放接納的社會，努力「反省、成長和面對」

的，卻往往是同志本身，而不是這個社會。在小說集的其它篇章，也屢屢傳達了同志對抗異樣眼光、爭取認同的努力與孤獨：

〈這是我出生與哀愁的國度〉描寫一名男同志在社會規範與父母壓力下娶妻生子，每天唯有退守小小幾坪浴室自瀆的時間，才是自由的。

〈這男人已死〉的同志擁有一位篤信基督教義的母親，面對兩股不可挑戰的壓力——最自然的母子親情和最崇高的宗教信仰，主角最終從高樓一躍而下，「墜落於母親前往教堂的路上」。這也是全書最激烈的控訴：同性戀是需要被救贖的罪嗎？吃人的愛、吃人的信仰！

〈艾勒斯亞島上的異性戀少年〉創造一個想像的「未來之島」，在這島上，所有人都是同性戀者，異性戀是不被接受的罪、古早的傳說、「未開化年代才有的事」，甚至經過科學分析，可能根本就是「腦神經出錯」的後遺症。異性戀者在這個島上被視為低等的怪胎，馬戲團的馴獸師給他們套上項圈，隨意鞭打。小說刻意營造一個價值觀相反的世界，即便相反，但不允許不同性別取向的國度，同樣殘忍。作者透過小說中男主角與「少年」的曖昧之情，大大嘲諷了俗世以為的「真理」（Aletheia，即島名「艾勒斯亞」）其實未必為真——主角戀上少年，原以為少年也同化成了同性戀；沒想到「少年」原來是「少女」，在這個同性戀之島，並不是少年這個「異類」被「同化」，反而是主角被異（性戀）化了！原來「同」或「異」並不是可被規範的，愛是自由的，不應該存在性別界限：「鞭子抽打她那刻，你真覺性別取向實在不重要，什麼是真理，你也看不清楚了。」

《流浪的三十九巷酒吧》雖以同志情感為共同元素，寫下的卻不只是同志。如果說前四篇是以故事為引子、以議論為骨幹，直白探討同志議題與社會觀感的拉扯；那麼後四篇則是以同志情節為引子，將故事漫逸至更廣闊的生命課題。

像是〈流離〉便在主角兩段戀曲之外，著重鋪陳一九九二年前後「中韓斷交」的歷史情境，帶出主角和戀人對於故鄉和國家的漫長追尋。他們遊走於韓國和台灣，在江原道與雙溪之間徘徊；除了地理上的交纏，來自台灣的凱兒甚至連性格都特意被塑造成是「道地韓國人一鼓作氣的豪邁」。主角們對於故鄉與國家認同的迷離混亂，衍生出字裡行間揮之不去的「孤兒」／「棄子」情結，這如果出現在其他作家的小說裡，也許就是嚴肅沉重的國族議題，但在傑維恩這本小說中，沒有任何價值可以凌駕於人的情感，這裡的「孤兒」／「棄子」情節，同樣來自於主角們過去的情感記憶；也因此，鄉愁真正聯結比附的不是國家，而是那些令人魂牽夢縈的人：「故鄉是你們賴以維生的信仰，它牢不可破，所遇見的人也是。魂縈夢牽的人，他們記憶中的面目，不論經過多少城市的遷移，對你來說依舊觸手可及。」

〈吉仔與金仔〉則是以兩個男童的同性愛，包裝「成長」的主題。金仔是主角吉仔「所渴望變成的男孩的樣子」，代表吉仔所仰望的成長範型，同時也是他期待「一起長大」的伴侶：「你和金仔常常一起想像未來、常常為了成長、為了未來世界的美好而興奮不已。」然而命運捉弄，吉仔眼睜睜看著金仔溺水而死，長大的夢想瞬間折翼。此後，金仔之所以屢屢出現在成年後的吉仔夢境，除了基於生者對亡者的思念，背後更深層的原因，其實來自於吉仔對「成長」的受挫與失望：「那些兒時絕不會想到的事一一發生，孩提深信的事一一推翻。」童年時身邊的金仔是未來的美好可能，長大後夢裡的金仔則是永不變調的恆存夢想象徵，也因此成為吉仔對現實的消極反抗。金仔就這樣從兒時到成人，牽引了吉仔的一生，陪伴他面對「成長」的希望與幻滅。

〈顛倒見〉是八個短篇裡最異質的一則。主角將情愛寄託在剃度修行者休纏（休要糾纏？）的身上，然而小情小愛在大愛面前，卻顯得如此愚妄且不對等。小說乍看仍以男同志戀情為主調，本質卻是以佛法破除我執與妄見的思維，叩問了一切情愛的究竟核心：愛的執著，是否只是一種癡迷與徒勞？主角最後終於領悟的微微一笑，也成為這八個因情而生、為情所苦的故事中，唯一的「得解脫者」。

〈夜白晝黑〉借用同志戀情的框架，寫一場酒店騙局如何殘酷地改變人性。原本老道的騙徒小白，總算因為黑老師的純情而生發不忍之心，決定自此向善；而單純善良的黑老師，卻在最後一刻試圖反抗這個不義的社會，刺出錐心的一刀。善惡於焉反轉，自我拯救與自我墜毀，原只在一念之間。就在這個瞬間，小白上升了，黑老師下墜了。暗夜為白，明晝為黑。俗世的善惡定評，何其脆弱不堪一擊。

撇開主題的差異，小說集收錄的八則故事其實無一不以「情」為主調。包括情感的啟蒙與蛻變成長[1]、呼喚青春再現的情慾渴求[2]、近乎虔誠的無保留的愛[3]，以及懷抱對已逝情感的情感而活的長情與孤寂[4]。在傑維恩筆下，篇篇都是忠實於自我情感的抒情之作。如果說「流浪的三十九巷酒吧」是一個只屬於同志的理想國，那麼《流浪的三十九巷酒吧》則是傑維恩打造的一個情感祕境，不只屬於同志，也同時對你我開放。

鄭伊庭

1 例如〈流浪的三十九巷酒吧〉有個啟蒙者「藍色」、〈這是我出生與哀愁的國度〉有個啟蒙者「A」。

2 〈流浪的三十九巷酒吧〉在橙色身上看見十七歲的自己，〈流離〉的主角愛上凱兒的理由是「因為凱兒和童年時的你一樣，因此他成了你不斷追憶的青春」，而〈這是我出生與哀愁的國度〉的主角甚至將兒子當作性幻想對象。

3 例如〈這是我出生與哀愁的國度〉的主角之於C、〈流離〉的童年鄭承教之於主角、主角之於小凱。

4 〈這男人已死〉的主角為了拳手男人而活、〈流離〉的主角為了兒時伴侶鄭承教而活，甚至以愛人之名自名：「因為無法再遇見承教，你把名字改為承教，承教便可永遠忠實於你」、〈吉仔與金仔〉中，金仔逝去後，成年後的吉仔「除了為金仔而奮鬥，沒什麼可失去的。」

目次

流浪的三十九巷酒吧

你的記憶裡有四個很重要的情人，你捨不得拋棄與他們溫存的記憶，他們炙熱的胸口像雨水一般可以滿足你的乾涸。

曾經有段時間你幾乎病態地賴在藍色的房間，不肯安靜也不願離去。你偷穿姊姊的黑色百褶裙，你欣羨姊姊衣櫃裡滿坑滿谷的衣裳，穿上百褶裙之後，你就彷彿甦醒了過來，你能感受到你超載的美麗氾濫成災，不論是在藍色的眼底或是透過藍色房裡的立鏡。

藍色是住在你家二樓的房客，你們感情好。你喜歡追問他關於三十九巷酒吧的事，雖然他總是閉口不提。印象中的藍色住在你家兩年，一直到你們一起去三十九巷酒吧之後才離開你家。

藍色沒有上班的日子會把自己鎖在房裡。認識藍色的人總是議論紛紛，認為也許是他沒有勇氣走出房外也說不定。你是唯一獲准進入房裡的人，那年你才十七歲，藍色已經三十三歲了，然而這些都已經是上了灰塵的記憶，至今未褪。

每當藍色窩在房裡的時間愈長，就愈能激發你的好奇。你在門外不斷的敲打、嘶吼、尖叫，藍色受不了，會開門讓你進去。你以為藍色不厭惡你，那麼他刻意營造的隱私空間一定存在著怎樣的理由，也許會讓你大大驚嚇一下也說不定。你的行為就像是刻意落入井內的石子，靠著水花來試探井水的深度，你再怎樣也無法阻止你對藍色的好奇，他像謎一般地呼喚著你。

正午，藍色留你在他房裡便離去了，他若有其事的叮嚀正好催生你的好奇。藍色離開的時候，他瞳孔裡有一絲的不安，你瞧見了，並且更深信藍色房裡隱藏著巨大祕密。

你很快就發現問題，藍色的房裡潔淨的程度委實教人難以置信，房裡四處都掛滿了劇照，一張又一張陌生男子的面容。這些入鏡的男人不是模特兒，他們的姿態不夠合理——在某些基準上，你如此認為。

你在一張劇照前佇立良久，你看到的畫面肯定要教人大吃一驚，一個全裸的白髮老翁被框進劇照裡，嘴裡叼著一支櫻桃木製的煙斗，他滿身的皺紋讓你的嘴巴一直合不上，那不是醜陋，也非不協調感，而是有著極致的美。

稍加留意，就會發現這幅劇照右下角處，也就是直紋劇照框處刻了幾個字，你不知不覺就唸了出來——三十九巷酒吧。這些字似乎有股強大力量撞擊著你，你彷彿可以預見裡頭隱藏的巨大祕密，於是你又忍不住唸了一次。

除了劇照，你很快就注意到那份郵報了，你之所以會這樣強調，實在是因為該份郵報的印刷太不尋常，印刷之粗糙就像是不存在於這個年代似的。大標題上印著「二八法案」的字樣，當時你並不懂，你以為那不過是再平常不過的事罷了。

你一直以為你是健康的，但是有些事實對於當時的你來說又是這般殘忍。郵報上的幾幅裸男照片讓你血脈賁張，老實說，有太多事已經出乎你當時的意料。你甚至懷疑藍色眷戀過你的身體，即使如此你一點兒也不會怪他，誰教你當年不過才十七歲。

十七歲胴體所散發的氣味沒有偽飾，祇有不能被抹滅的慾望。你在那樣的年紀裡，偷穿姊姊的黑色百褶裙率性地探索真相，那裙袂給你滿懷的讚嘆與驚奇。

就在你又忍不住唸了一遍時，藍色開門進來，他的表情像是被火焚燒似的，不是你所知道或熟稔的臉，你有點畏懼，甚至不清楚那張臉背後隱藏的含意或企圖，他幾乎有點歇斯底里，手指著劇照下的幾個字——三十九巷酒吧之歌。

藍色嘴裡嘀咕著，他說一切都再也不能隱瞞了。你正在臆測藍色話中的含義時，藍色便抓起你的手飛也似地奔跑起來，後來的記憶裡你祇記得你不停地跑，穿過無人的空地，你以為你的腳幾乎沒有著地，飛也似的裙襬。

藍色遙指著遠方的一條虹，那虹在盡頭處。那一刻你還不能理解藍色的邏輯，畢竟那祇是一條虹，或許還什麼都不是。

後來你才知道那不僅僅是一條虹而已，你們必須趕上那條虹，因為三十九巷酒吧一直在流浪。

當時你還有些不能理解，「什麼！不斷流浪的酒吧？」所以你僅是隨著藍色不停地奔跑，奔跑。那時光在奔跑時，不時從你裙角蔓延開來，散落一地之後，你對於時間的記憶就模糊掉了，這麼荒唐的事情，至今你都無法解釋。

你們趕上三十九巷酒吧時，藍色便讓自己丟失了，或許這樣說更貼切點，在光線交疊時，你一度懷疑藍色成了盡頭裡的虹，據說人們必須度過一關關的歧視、孤獨、反省、成長和面對，才能更拉近自己與虹之間的距離。你那時不確定這樣的辛苦是否必要。

就算你再怎麼相信慾望，你也無法說服自己踏進三十九巷酒吧一步，好像前進一步身體就要爆開似的，你幾乎感受到三十九巷酒吧裡瀰漫開來的慾望，即使你還尚未踏入。但是你總可以聽到另一個聲音催促你前進，那像是虹裡傳出來的，空氣中甚至有藍色溫暖的鼻息。

也許你的疑慮及考量是太多餘了，三十九巷酒吧裡不如你想像中的肉慾橫流。你想來杯生啤酒，但是十七歲可以飲酒嗎？當你抛出這個疑問時，你在正前方的鏡子裡發覺自己的山羊鬍，你假裝無動於衷，但是那刻的你其實是很不安。

後來的日子裡，證實你真的失去了藍色，他再也沒有出現了，他消失了。那也是唯一你深愛著，卻不曾肌膚相親的男人。

在你不確定藍色的的確確離開你的生命時，你就祇能坐在吧台等他，而時間卻不斷地流逝。吧台內的酒保偶爾會過來跟你聊上幾句，大部分的時間裡你都冷眼看著酒吧內來來去去、形形色色的人們，看著看著，你總也忍不住提出疑問。

你四處詢問他人，並且希望別人可以中肯地回答你，關於你現在的歲數。

當酒保開始正視你時，你心裡開始感覺到緊張，你知道你已經不再是十七歲的少年時，你彷彿鬆了一口氣，那是山羊鬍為什麼存在的理由了。

你可以自在地與酒保談天，喝酒時也格外順口，然後偶爾會觸摸一下日漸可觀的小腹，到底你是如何變老的？其實已經不重要了，那一切和三十九巷酒吧放送的爵士樂一樣悲傷。與藍色的回憶還窩在心裡，祇是藍色的臉孔逐漸模糊，像一部紀錄片，往遠方的天色放映，那捲開去的模糊黑白景象。

之後的日子你不斷地飲酒，許多意識都這樣輕輕地、渺渺地背叛了你的身體，那段日子像機械式地，靈光消逝地。

酒吧裡的酒保跟你提起許多三十九巷酒吧不停流浪的事，說起三十九巷酒吧來，那必然是一段很長很長的歷史，也許寫成史書，都要厚厚好幾冊，據說三十九巷酒吧與天地同歲，但那已經是不可考的年代，從沒人能夠找到那把答案的鎖鑰。

三十九巷酒吧總是在流浪，酒吧裡流瀉的音樂從沒有因為時間的興衰起落而改變，那爵士樂恐怕有脈絡可尋，否則怎麼能那樣清晰且悲傷。

然而你確實知道三十九巷酒吧流浪的事實，卻也已經是你步入中年的時候，那時三十九巷酒吧已經老得不像話，它卻還是像一個頑皮孩子似地到處流浪，從一個都市到另一個都市之間，有的時候僅需要兩、三秒的時間，但有的時候卻要待上個幾年。

三十九巷酒吧剛來到你們小鎮的時候，連續下了一個禮拜的細雨，潮濕潤人的氣候像是三十九巷酒吧遺留在鞋間的水漬，畢竟那也是千山萬水，而不是慢條斯理地流浪。

那一陣子你就待在三十九巷酒吧裡聽了許多事，人倚在吧台旁，聽著酒保滔滔地說。據說許多人為了跟著三十九巷酒吧的流浪步伐，一路篳路藍縷、披荊斬棘，運氣好的人跟上了，大概也就會待在三十九巷酒吧裡耗上一輩子，是一輩子那樣的長度，而不是一天或兩天什麼的。據說也有許多人跟不上三十九巷酒吧的步伐，最後祇能黯淡地看著三十九巷酒吧消失在暗黑中，這些人大概會沮喪一輩子，像是永不見天日一樣，因為他們追逐三十九巷酒吧的過程中必須以自己青春當賭注，並且他們絕大多數都要賠上青春。

但是依舊有著無數的人不停地追趕著。

能夠窩在三十九巷酒吧裡的生活則是多采多姿許多，在這裡有很多可能性，批判、群體記憶、創造性、次文化、青春和不朽，告訴你這些話的人是綠色，你結識他的時候，你剛長出滿腮的山羊鬍，還那麼年輕。

所謂的年輕是和綠色相較之下，他老是喜歡叨著櫻桃木製的半彎煙斗說話，一吐一吸地說著他的故事，那種昏昏幽幽的樣子你依稀還記得。

綠色手中擁有一張手繪的三十九巷酒吧地圖，當三十九巷酒吧流浪到綠色所居住的城市時，他的Lover把地圖給了他，同時還有一張喜帖，婚禮的主角卻不是他。其實第一次收到Lover給的喜帖時，綠色壓根兒覺得眼熟，後來才想起那是母親當年的故事，當年母親生下他，他卻被告知自己的父親永遠都不再出現，據說是跟另外一個男人跑了。

那時候綠色還不是很清楚性別取向這檔事，直到成年之後接受許多世人頤指氣使的樣子，他才有那麼一丁點了解，然而在一起十七年的Lover卻決定要跟女人結婚了。

到了最後一切也無從追究，反正那時綠色已經蒼老，手中的地圖催生他的勇氣，所以綠色最後也來到了三十九巷酒吧。

綠色喜歡在你耳邊輕語，有時說著一些猥褻、不堪入耳的話，他喜歡稱讚你的美麗和你黑色的百褶裙，用他皺老的脣吻你，綠色是第一個和你肌膚相親的男人，後來你才想起，他和你在藍色房裡所見到的劇照中人竟有幾分神似，同樣頭髮華白，同樣喜歡抽櫻桃木煙斗，祇是那劇照中人的面貌和綠色的模樣，同樣在你腦海中都模糊去了。

在三十九巷酒吧裡特別容易流失青春，尤其在綠色這樣的老人身上，你和綠色連續做愛好幾個禮拜，直到有一天綠色不再出現了，那時你在酒保面前大聲吼叫，你不清楚為什麼酒吧裡的這群人不能無止境的活著？為什麼又留不住青春？

據酒保的說法，綠色離去那一刻，深深吸了一口氣靜靜等待解脫，死去的綠色受到聖靈的引導，和藍色一樣沒入天邊的虹。綠色離去後的憂傷整整影響你一整個月，後來你才恢復到原來的樣子。

後來透過酒保的口中你才得知，並不是每個人都能成為虹，在那過程裡，每個人都必須要經歷相當程度的痛苦。

後來你甚至發現在三十九巷酒吧裡的人們幾乎都有著相同的特質，雖然嘴裡不說，但是每個人都願意把一生奉獻給虹，祇是你發現他們的面貌都像極了孤兒，你甚至懷疑你是不是其中一份子？

你便是在那樣的情境下認識紅色，在紅色的身上你會發現至少隱藏一個以上的矛盾，紅色既熱情又卑微，他有時會侃侃而談，大聲疾呼他的看法，但是相對於他在現實生活的逃避與性格上的卑微，又讓紅色看起來那麼不合邏輯。

然而你認識紅色的那段日子，你的頭頂上已經冒出些許的白髮，這一切訴說著你年華的老去。

紅色常常喜歡拿三十九巷酒吧當例子，他說這個不停流浪的酒吧就像是普羅米修斯，普羅米修斯為了帶給世人光明，不惜盜取了火種，他所得到的代價是被釘在高加索山，受盡風雪折磨，但是普羅米修斯一點也不打算向宙斯屈服。

但是說到深處，紅色又忍不住沮喪起來，他說流浪的三十九巷酒吧總有一天會累，三十九巷酒吧也想安定下來，但是浮世的歧視與觀點卻不停的追趕它，三十九巷酒吧祇能不停地流浪。

紅色說起他貧瘠一生總讓人不勝唏噓，他說三十九巷酒吧不知豢養了多少無助和青春，紅色說他會來到世間就是為了三十九巷酒吧而存在！紅色出生於工人家庭，年輕時就是活躍的社運份子，他在TUC大聲疾呼政府應該保障GLBT同志工人的工作權，可是立法的程序緩慢，工黨的承諾竟跟著時間流逝而被淡忘。

紅色和大英國主義的士紳對立格外辛苦，對於那些士紳來說，性別取向是神聖不可褻瀆，絕非紅色這樣的工人可以左右或改變。

紅色在一次的抗爭中，被不明人士撕扯頭髮，甚至被利刃刮花了臉，那傷不僅毀壞他的肉軀，也剝奪了紅色對於社運的最後一點堅持。

紅色聽說三十九巷酒吧即將流浪至這，他沒有思考太多就決定去追，他聽說在酒吧的人都有著和他相同的性別取向，支持紅色走進三十九巷酒吧的，當然是對於己身性別取向的繫念。

在和紅色相處的日子，你可以明顯感受到自己年華的老去，你們在三十九巷酒吧載浮載沉，然後彼此告別，運氣好的人在歷經一連串的橫逆之後，會成為天邊的虹，而有些哀嘆的靈魂則是一輩子窩在三十九巷酒吧裡，終身買醉。

紅色也成為虹的那天，你在酒吧正前方的鏡子裡看見自己華白的髮，你已經沒有青春了，但何時離開這？你的盡頭在哪裡？隨便下場雨或是天邊的任何一道虹都讓你感傷。

如果說紅色是酒吧裡的老人家，橙色大概就是新生的朝光！他好像全身都有用不完的活力，他像是三十九巷酒吧裡的巨星，隨時隨地都散發出晶亮奪目的光芒，他是X軸和Y軸的中心座標，沒有人可以忽視他。橙色走進你生命裡的那天，他才十七歲，你依稀記得那是你剛到三十九巷酒吧的年紀。

你經常就這樣失神地望著橙色的面孔，常常想起黑色百褶裙的回憶。

橙色出生的地方並不算是家，他以為他擁有一個母親，事實上他是孤兒院裡最後一個被領養的小孩，除非穿高領毛衣，否則橙色母親的喉結清晰可見。

但是橙色也不吝嗇喚她一聲媽，畢竟她也像守護神一樣地陪伴他長大，但是橙色從有記憶的時候開始就承受著壓力，橙色一直以為母親的性別是無可取代地，結果卻祇是同伴們的嘲諷。

橙色有一度是那樣憤世嫉俗，他無法忍受同伴嘲諷他時的模樣，他其實需要的祇是公平罷了。

可是後來橙色竟也就和母親一樣了，他經常照鏡子到忘神，看著鏡裡的自己，偶爾會偷母親的胭脂，當他自己被稱讚漂亮時，其實橙色也嚇了一跳，後來他就這麼習慣別人擅自賦予他的性別，任憑那抹嫣紅色恣意留在脣上。

不知道從什麼時候開始，橙色也開始有了一個男人，橙色從此活在卑微與甜蜜當中，他並不清楚上帝為何要開這個玩笑，他開始習慣去醫院施打女性賀爾蒙，讓自己美麗的同時，他也跟自己的生命下一場賭注，橙色開始像另一個性別，他的肌膚光滑，卻不清楚生命原來是如此奢侈及短暫，當他清楚自己已經沒有太多的歲月可活，他應該哭的，他卻逃離一切去追尋三十九巷酒吧。

三十九巷酒吧是個怎樣的地方？流浪的旅途中依稀可見到那遠方的虹，橙色長掛在嘴邊說，祇要留住那一刻就行了。天曉得橙色多麼希望自己成為虹裡的一部分，那淚水都濕潤了雙頰，他顫抖地哭著、笑著。

你碰到橙色那時，你不確定自己是不是遇見了已經消逝的十七歲，好像藍色還在他房裡陪你言笑，你的身體如此美麗的年紀。

但是可以確定的是，年紀無關一切，橙色來到三十九巷酒吧不久，就化成一堆微粒子，像水蒸氣一樣的蒸發了，那年橙色不過才十七歲，空氣中瀰漫著濛濛的薄霧，天邊似乎可以看的見虹，那熟悉的顏色讓你呆了好一會兒，那時你才知道，成為虹裡的一份子和年紀無關。

不是你不了解上帝為何折騰了你如此久。

三十九巷酒吧奔跑起來時所捲起的塵土十分壯觀，你常常覺得那揚起的塵土是不是為了防止有些衛道人士追了上來。你在三十九巷酒吧裡過的日子遠要比你以前那渾沌不明的十七年要強多了，後來你反覆地想，你以為你會喜歡上姊姊的百褶裙，實在是上帝在創造你時，便決定了你的性別。

你在三十九巷酒吧即將用完生命了，你從來沒有覺得自己如此老態，你甚至連舉起酒杯都顯得困難，然而你是如此謙卑地感激三十九巷酒吧，它如此包容你的一生，雖然你不得不承認，你在三十九巷酒吧的日子裡顛沛流離，終日活在夜晚裡。

你彷彿做了一場很長的夢，你發現自己被掛在三十九巷酒吧的壁紙上，正確的說法是，你竟然成為了一張劇照，酒保還向許多酒客談著你的故事。

在你逐漸失去意識的那一刻，你彷彿飄了起來，沒有重量地浮在半空中，你看得見天邊透現的光芒，並且你感覺到你逐漸向光芒處移動，你看見三十九巷酒吧愈來愈小，當你升到某一個高度時，三十九巷酒吧祇剩下一個黑點，你看著三十九巷酒吧不斷地奔走和移動，後方似乎有一大票人在追趕著。

你最後落在光芒處，那種輕飄飄的感覺，讓你誤以為自己身處在雪地上，你發現自己的身軀逐漸化為水氣。那遠方有個小孩指著你的方向說，「瞧！好美的一道虹。」

這是我出生與哀愁的國度

你的婚姻其實是個玩笑

你把洗手臺的碗盤逐一浸上泡沫，油漬和碗盤之間分明地溶解開了。你的手在水龍頭下已經沒有年輕時候模樣，老態及皺紋迸現。因為工作關係不慎劃破的一小道傷口，在碗盤間留下一小道血線，但你絲毫不以為意。現在是晚間九點多，即便你已經顯現倦容，但你仍須迅速地做完洗滌工作，因為孩子的功課仍等著你督促，太太仍為滿屋子的家事生悶氣。洗滌過程中，你已經習慣用跳躍的思維去記錄下入睡前所有待辦工作。如果你能夠耐著性子好好滿足孩子、太太，甚至是爸媽的期待，那麼你就能夠準時在午夜一點前入睡。你就像是一個傑出的專案經理，而你的專案目標就是盡可能滿足家庭成員的期待，那也是他們認為你該肩負起的責任。在太太劍拔弩張的掌控下，你的內心其實空蕩得可以，連嘆口氣都嫌多餘。就在你這麼思考的同時，你結束了手邊的碗盤洗滌工作。十五分鐘，你約略估算著。

你起身了，滿是皺紋的手甩去了水漬及消毒水的氣味，隨即敲起了鍵盤。你必須要快步地和孩子溝通功課，攻讀至博士學位的你，比起他的母親更合適這工作。你習慣和孩子共同在電腦前解決功課。說是孩子，其實已是俊美的十八歲青年，他承襲你一脈相承的面貌，褐色臉頰及瘦長身軀，他經常被人們稱為年輕的你。人們總是說著，孩子模樣一寸一寸皆來自於你的基因。他身子長得極好，曲線分明的身材線條琢亮了他的青春。且孩子和你年輕的時候一樣沉默寡言，鮮少人知道他身軀裡究竟埋藏著如何的心思。

但也鮮少人知道你的心思，從年輕到中年皆是如此。敲打鍵盤的時候，你望著孩子俊美的身材及臉蛋，你出了神。孩子身材高挑壯碩，飄揚微捲髮分外自然，有幾分歐亞人士的味道，鼻子承襲你的堅挺，粗眉、雙眼皮，些微臥蠶眼袋，臉蛋修長，不經常微笑。

你想知道孩子是不是和十八歲的你一樣？出色的外表總是輕易掠奪眾人的目光，身邊異性不斷，陌生女孩不停湧出的情愫經常把你弄得幾乎要窒息。但是你是不清楚的，孩子喜歡男孩還是女孩？是不是和年輕的你一樣，止不著對於性別的探索？

你低下視角，孩子白色襯衫開了一個扭扣。也許是正值盛夏，幾個細微汗珠不紊地散布在他的胸膛。孩子的胸膛直挺得像一個銅質肖像，暖和、舒服、醉醇。

空調聲響細微的運作，和著空氣中飄散的男孩荷爾蒙氣息，你可以明確感受到孩子身上散發出來的淡淡烟草味，即便孩子不抽菸。

或是一種打開冷水壺，流洩而出的清冽檸檬水味。或是一種被太陽照熱的木質氣味，欲拒還迎的清新。那些味道混雜在一起說不分明。

說實在，此時的你應當感到疲倦異常，公事、家事件件加諸在你身上分毫不叫你喘息片刻。但孩子讓你醒了神，他的氣味及帶給你的視覺享受像是一個個細小的分子，沒有預防地襲擊你的感官嗅覺。

孩子翻轉你的想像，你的腿部感到一陣壓抑與刺麻。你停止敲打鍵盤，讓孩子獨自準備課業，起身離開座位，進入廁所，你緩慢地脫下了白襯衫及黑長褲，一股疲憊的氣息由腳底往上蔓延。最後你脫下貼身衣物，進了淋浴間，你拉上了布幔，把水龍頭扭開，一道溫熱的水由頭髮淋下，你期待能夠在這短暫的淋浴時間沖洗去疲憊，這一刻時間是屬於自己，毋需迎合家庭中任何一員。

你慢慢把溫度加熱，彷彿那些熱水能帶來溫泉的氣息。你不自覺地拿取了孩子常用的洗髮精，那來自於一個知名的歐洲品牌。旋開蓋子，佛手柑香氣就撲面而來，你在手上抹上一些，均勻地抓捏在頭髮上。看著佛手柑和著疲憊，泡沫逐漸凝聚成一團團的白，不斷地往排水孔的方向奔去。逐漸，浴室變得霧濛濛一片。

約莫五分鐘後，你拿起了孩子常用的泡綿，沾抹上了孩子常用的運動型沐浴乳。開始由脖子自下，手臂、胸膛、腹部、背部，均勻地抹上了泡沫，那香氣清新而自然，彷彿每一個氣味都鑽進了毛細孔裡。

你很喜歡這樣的片刻。浴室門外偶爾傳來孩子吵嘈的聲音，而蓮蓬頭強勁且持續落地的水聲，讓門內與門外的聲音交雜地應和。有時候孩子會來敲門，表示爸爸待在廁所裡太久了。你對於孩子內急的需求，莫名感到又期待又頗為緊張。要你形容，可能類似賽車在彎道時超車的危險與快感，每次你在淋浴間待久了，會莫名期待有個人來敲門，當真孩子敲了門，你又急促地呼吸起來。

但是當淋浴間暖燈照下，溫水混合著欲望來襲的時候，門內門外的聲音可以是不存在的。你闔上眼，像處於一個無極世界，抽象、混沌且沒有狀態。你說不上，狀態十分發散，但有時你又覺得分外集中，每一個感官上的享受、高興、失控、呼吸及動作緩慢但清楚。即便你閉上了眼，你仍然可以明辨出現在你眼前的畫面。蓮蓬頭的水溫處在三十至四十度的位置，暖和的水溫讓全身都充滿一股濃郁的燥熱，那溫度使你的鼠蹊部變得敏感。把左手頂著淋浴間的牆上，如往昔一樣，讓右手逐一地撫過全身，從胸部、肚臍，通過濃密混雜的陰毛，你輕撫了鼠蹊部，最後輕輕握住陰莖，你緩慢觸摸及來回收送，你感受到上面血脈因為收送而膨脹。

你想像著一個青年，你彷彿正在用手掌觸摸他的雙頰及輪廓，有時清晰可見，但隨即又模糊，如此反覆的影像倒映在你的眼簾。隨著呼吸加速，你把雙手落低到青年胸膛，當你把手指緩壓進結實胸膛裡，頸與腹之間的軀幹肉感，翻動你的慾望不已。順勢你把手指握緊青年的陰莖，但又隨即放開，又隨即握住。你彷彿清楚地看見青年的臉，抑或是他身體反應及急促呼吸聲，你情不自禁地與青年交合了起來，而男人模糊臉蛋伴隨著你急促呼吸聲也逐漸清晰。

你不清楚時間究竟過了多久，時間對你來說幾乎無礙於你自慰的過程，門外不時出現的敲門聲也無礙。直到你的手掌沾染了有些黏稠的白色液體……。你的呼吸愈來愈是急促，青年的模樣愈來愈是清晰……。你驚覺那是孩子的模樣，陽光清新般的孩子在你眼前激動不已，他緊皺的雙眉已經分不清楚是痛苦還是快活。

終於你解放了自己，你沖去了手掌上及陰莖上殘留的黏液。緩慢地擦乾了身子，時間不知不覺耗去了一小時。你懷抱著罪惡感開了門，孩子著急地進去了廁所。你和孩子憤怒的表情短暫地四目交接。你對自己的行徑感到懊惱不已，不在於你佔用了廁所多久，而在於確確實實褻玩孩子，在剛剛的一小時裡。

但是你確實有些莫名，甚至懷疑剛剛出現在你眼簾的青年，是年輕時候的你，還是孩子的模糊樣貌。

「為什麼每次洗澡都這麼久？你明明知道家裡只有一個化妝室。早告訴你應該要租一個有兩套衛浴的房子了，你就是不聽我勸。」太太在你耳朵拚命嘮叨著。

你默默地接受了太太責備，並沒有回應。而是回到孩子電腦前面，檢視孩子這一個鐘頭的功課進展。對於太太的喋喋不休，你明白不回應是最好的解決之道，所以你把自己埋進孩子的功課裡，另一個逃避自己的藉口。

其實你從來沒有預料到，這看似鄰家女孩的她，有一天會變成如此暴戾的女人。結婚不到幾年，太太的溫柔彷彿只停格在戀愛階段，隨著柴米油鹽的日子繼續，甜蜜日子緩緩解體、銷毀，不知道何時開始雙方只剩下爭吵，太太彷佛失去所有的耐心及同情心，也完全沒有打算饒恕你的意思。

十五分鐘過去了，你已經看完了孩子的功課。太太的嘮叨之語仍在耳邊，絲毫沒有結束意味。孩子們紛紛離開了現場，只徒留你被淹沒在責備之聲中。

你已經無處可躲，直視太太的雙目，你突然覺得這一刻荒唐極了。

大喜之日就宛如終結之日

三十歲那年結識了現在的太太，她正值二十五歲，青春正忙著吐芘，溫柔婉約。你倆在同一個軟體公司任職，你擔任項目經理，而她則是負責公司的人事招聘工作，你倆之間沒有利益衝突，一個在專案管理部門，一個在人力資源部門。在工作繁忙之餘，不時丟出幾句問候，於是就聊了起來。你們經常性抱怨老闆，那些不具備聲音的ＭＳＮ資訊逐漸助長你們的情誼。

她對你十分中意，她讚許你的容貌、工作、談吐，以及你沉默的氣質。二十五歲的她，如同海綿蘊藏著難以計算的愛意。她以為你不善於言詞，遲遲沒有表達對她的看法及意見。於是她主動跨越了女生該有的矜持，她經常說，「男孩子就該像你一樣，具備高度專業、沉穩又老實，對任何女孩子來說，你都是績優股。」她釋放出最大限度的崇拜。

她二十五歲那年生日，義大利餐館流洩著浪漫氣息，雙方都懷有心事。她並不在乎你是否準備了生日禮物，她早以給你最大寬容，但她仍噙著淚水，打算在自己的生日向你告白。她說，和你在夢中相識多年，終於鼓起勇氣說我愛你。

三十歲那年，你也噙著淚水，不是因為對於女孩有所愛戀，而是當時你正忙著舔食身上傷口。父母親終日催促著你的婚姻之事，使你經常思考孝道及愛情之間的難題。那年，父親身子出了毛病，經常往返醫院進行復健工作。她工作較你來得清閒，時不時就去探望你的父親。

有日，父親把你拉到跟前，問，「這樣的女孩你還要等到什麼時候？是不是要等到我撒手人間？我就擔心我的身子撐不到你們結婚。」你過不了父親這一關，你的體膚受之於父母，是不是不要再有個人主張，就讓父母為你做一次決定，哪怕這一生都只能平淡地度過。

你輕輕拭去女孩子眼角的淚水，但魂卻不在女孩身上。你的腦海中如瘋狂擺動的碼針似的，突然出現了很多人的模樣，A君、B君還有C君，你看到他們從天邊而來，對著你笑著，那笑容彷彿就在眼前，但你伸出雙手去拉，三個人影像卻逐漸模糊而去。

「你願意勇敢一點嗎？給我們彼此一個機會，我知道你一直是喜歡我的。」女孩子的話語纖細溫柔，卻也下了最後通牒。

你緩慢放下叉子，飲下一口你右前方的熱咖啡，深呼吸一口氣，再一次吐氣。A君、B君還有C君的模樣已經全然不見，眼前只剩下她，雙目定定地看著你。

你再一次深吸了一口氣，把眼睛緊緊閉闔。你想做一個決定，能滿足父母的期待，能滿足對面這女孩的期待。你覺得三十歲之後的你，恐怕沒有辦法為自己而活了。但能不能為爸媽而活？這個決定能讓爸媽滿意嗎？想到這兒，你全身起了一股寒意。你想做一個衝動的決定，即便你可能下一秒就要後悔。你當一個孝子，給父母親體面的婚禮，滿足他們對你傳宗接代的期望。

那年，你三十歲，應允了女孩子要求，你給眾人都滿意的答案。那些紛紛擾擾的事情終要謝幕，你如父母的願，成了家。

你在父母及親屬期待之下，辦了一場盛大的婚禮。新娘拖地的白色婚紗，以及柔柔的髮絡，讓人們好生羨慕。你的父母在那天喝得分外盡興，他們把頭仰得高高，接受親戚朋友的祝福。

但也就是從那個時候開始，你默默地垂下了頭，徹底離開你所熟悉的圈子，搖曳著愴心，但是世界便是如此，沒有人注意到，你在婚禮上所邀請的朋友寥寥無幾，哪怕連一桌都湊不齊。

但你那桌的朋友無形之中透漏不可告人的訊息，人們沒有注意到。你那桌朋友格外特殊，男生要不是壯得像頭熊，要不美緻得像一個姑娘，全然不像一般的男孩子。

你刻意讓大部分的朋友缺席，因為你沒有勇氣當著他們的面撒謊，更不願意人們當你是一個笑話。

當你和新娘敬酒到那桌子，你慌張地避開了朋友們的眼神，那目光過於真實，讓你覺得沒有勇氣面對。

也許這桌朋友會譏笑你扭曲事實。但是若你成了他們的一份子，可能得到更多的譏笑。所以一切何必爭辯。

大喜之日就宛如終結之日。

A君，第一次交歡

相對於你三十歲終結之日，二十二歲那年則是你重生之日。那年你在海軍服役，你第一次知道男人與男人之間也能夠有感情。你的人生宛如時鐘分針走了一圈，過了數字十二又重頭開始。二十二歲之後開始過著另一個人生。

你想起，盛夏，那氣味縈繞不去，瀰漫在空氣中的一股黏濕汗水氣味。每當你經過醫護室，那味道就傳至鼻間。醫護室的門常是半掩半開，一個醫護二等兵在案頭前埋頭畫畫。案頭前只點著一盞暈黃小燈，昏黃光線隱隱約約暈亮了二等兵的精緻輪廓。醫護室裡甚至連風扇也沒有，二等兵時不時地擦拭著額頭上的汗珠。

你通常會推開半掩的門，兀自進到醫務室與他閒聊。二兵會停止畫畫，往後而倒，將重心舒服地倚在椅背上。聽你閒話家常，一雙骨碌碌眼睛就望著你。醫護室裡流通不甚好，男人的氣息在空氣中濃郁開來，常讓人覺得胸口悶窒。

那年你不過二十出頭歲數，對愛情似懂非懂。卻甘心聽著二兵聊著他過去回憶，還有一部鮮為人知的日本劇情片《同窗會》。二兵的故事和日劇混雜在一起分不清楚，從SPLASHS酒吧到翩翩風度的風馬，以及頹廢到極點的阿中。你經常著迷地聽著二兵的故事，《同窗會》的故事，迷惑了現實與夢境之間的區別。

聽到那些男人與男人交歡的情節，你一顆心就咚咚咚，如雷鼓般敲動起來。那是你第一次意識到你可能是喜歡同性。在這個全被同性占滿的軍旅生涯當中，你忽略了這世界上還有另一個性別存在，你極度渴望被同性認同、愛撫、在夏天黏濕汗水氣味做出一些踰矩的事情來。

在二兵的教導下，你彷彿讀了一個精采的百科全書，你重新學習名詞，那包含同志、酷兒、出櫃、熊族、葛格、底迪、妹子、金剛芭比、Couple……，一切都新鮮有趣，你背手在外圍觀望著。然而在你和二兵相安無事過了一年多，你以為再也沒有妄想的事情發生，二兵卻試圖把你拉近這個圈子。

你即將退役的前夕，那一晚，你沉沉地睡去，夜半中，彷彿有一雙手在你身上遊移，你不自覺地醒了過來。朦朧中，你彷彿看到二兵的模樣。你隱約知道有些事情即將發生，你不確定你是否應該睜開雙眼，還是放任一切發生……

你清楚明晰的感受到，那雙手從腰際間緩緩深入，撩起你的上衣，食指在你的胸前打轉，輕輕觸碰之後又立即縮回，又回手撫摸起來。你閉上眼強做鎮定，那陣陣的歡愉卻止不住。那雙手一面輕叩你的胸，另一隻手沒有分際地深入你的褲襠，把已經腫脹的陰莖來回地撫摸。夜半時刻分外安靜，靜到你只能聽見你自己的呼吸聲音逐漸急促起來，身子也不停地蠕動起來。你睜開了雙眼，漆黑的被單下，你看見一個男人的頭，上上下下地在你鼠蹊處吸允著。你認得那氣味，黏濕男人氣味，無異於醫護室氣味。

退役之後，你再也沒有醫護二兵的消息。你有千千百百種方法可以找到他，但你卻始終沒有這麼做。你後來真正看了《同窗會》，你很確信二兵告訴你的故事當中，絕大多數都是瞎掰的，他只是把自己的現實生活和《同窗會》的劇情混雜在一塊。但你選擇去相信那些劇情，在二十出頭的年輕歲月裡，你確確實實曾經住進了二兵的回憶裡。他是你的二兵，也是你的阿中，也是你交歡的第一個男人，姑且稱呼他為A君。

離開A之後，你便開始流連只有男人的酒吧。那兒給你持續呼喚，特別是臺北杭州南路那家老酒館，你覺得無異於《同窗會》裡的SPLASHS，你沉溺在酒精與男人的氛圍裡，白天只是徒具形式，夜晚才是你活動的開始。

黑漆漆酒吧內，你喜歡待在吧台。人們過來兌酒，總一陣擁擠。你喜歡與陌生男子肩與肩互觸，你總覺得這讓你離這個圈子近些，也讓你勇敢一些。

但是你有時會在一陣喧譁之中陷入沉思，舞臺所傳遞出來的音樂與你無關。你冷眼看著這些俊美男人，他們彼此慰藉，他們不知道有沒有像你一樣出現身分認同的問題？他們怕不怕真的就一輩子要違背父母的期待？甚至，你擔心你的孩子可能還是同志。

你想到這兒打了冷顫。你不確定，你是害怕些什麼？這好像和他們一樣墮入這個圈子，但是又想逆向飛騰，盡可能遠離這個圈子。

B君，第一次遭到侵犯

生命極為困頓那年，你是一具行屍，思想紛亂不由你。

那時，你的SPLASHS酒吧出現了一個熟人，他是你孩子的玩伴，B君，一個你曾經那麼熟悉的人。多年沒有聯繫之後，意外地在杭州南路的酒吧遇見。久未逢面，兩人相視許久，忽然放聲大笑。那時還無從得知是喜劇或悲劇，但是上演的地點從杭州南路開始，你馬上明白要開演一個全新劇情了。

當你還在這個圈子邊緣徘徊的時候，B君很早就確立了自己的性別取向。自己喜歡男人的事實他從不假裝，自己只待在同性的圈子裡他也很清楚。異性戀的圈子很早B君就遠離，不理會社會對他的看法。

B君在那一刻真正帶領你進到圈子，他和每一個朋友介紹你。「以後，你就是我們這圈子的人了。」B君毫不遮掩地向所有人宣告說。那一刻，你是第一次感受真正成為這個群體的一部分，你們一起相濡以沫。

你在那時第一次感受到那股獨特氣味。那氣味難以具狀，好似淡淡檸檬氣味，後來又覺得其實是竹子氣息，但更多時候，你覺得是清晨陽光輕灑在空氣中的味道。那氣息似乎可以在群體中的每一個人身上聞到。當你靠近每個男孩的頸部時，那氣味就慢慢彰顯出來。你曾經以為那是某個牌子的古龍水氣味。在日子不斷地穿梭中，你逐漸明白，那氣味不來自於任何一個人，那氣味屬於一個群體，而你正逐漸成為這群體的一份子。這群體的人們獵取彼此的氣味，使得最終每人都有類似的氣息。

那是你記憶中最甜美的一部分，你顧不及圈外對你的看法，你身上有著顯著改變，從聲音、穿著、舉止、思維，當然你也在那段時間更堅定自己的性別取向。

這些都在發生那件事情之前……

B君在圈子裡高傲、活潑，有人說他是杭州南路的傳說之一。他隨時都掛著從容的笑臉。那是第一次，你看見B君徹底沮喪的臉，淚水爬滿B君半落的臉頰。

你想要真真切切地安慰B君。他說你是他重要的朋友，於是你允許B君把頭微微靠在你肩上，他的悲傷從你肩頭渲染開來，直至你倆雙手交疊。離你愈來愈近的是B君香水氣息，蔓延開了在你耳旁。

那些猶疑就像緩慢的星球自轉，沉思也緩緩轉著。你很擔心某一些狀況失控了，但是你不可能在眼前拒絕些什麼。B君在傷心，和大多時候的他是不同的。這是一個倒轉時刻，你有機會安慰他，就如同他經常慰藉你一樣。

但B君的慾望卻同時和悲傷一起出來。在不經意的時候，B君的雙脣吻上了你。你的理智在哀嚎，究竟應該做些什麼？你曾經幻想過許許多多糾纏、快意的場景，如癡如醉的夢境裡，卻始終沒有B君存在。但B君卻已經把雙手深入你的褲襠當中，他來回地撫摸你的陰莖，溫柔且緩慢地。B君用熟稔的技巧慢慢瓦解了你的心防，即便你們是那麼彼此相知的朋友。

在那一夜渾噩之間，你似乎明白了，為何圈子裡的人總有複雜關係，千絲萬縷。因為做愛的確吸引人，夜深之刻，在每個人慾望裡潺潺底流動。那無關乎愛情啊！僅僅是青春肉體的滋味而已。

在發生那件事情之後，你心裡產生了微妙的變化。你心中飄的恐懼、無知在這時候不停地被放大著。很難形容具體情緒，你覺得自己被B君嚴重侵犯了，B君醜惡的表情經常在夢中看到，但是你也明白，當你和B君纏綿的時候，其實是非常美好。如此複雜的情緒無以復加時，你慢慢地遠離了B君的圈子。

你曾經那麼張揚地裝扮自己，用一整個衣櫃的羅衫。你的青春張揚地綻放著。然後你卻偷偷地又返回了家裡，把房裡布幔打開，讓陽光再次映到你身上。

家人提供一如以往的照料，他們如往昔開始督促著你的事業，如往昔催促著婚姻。你偶爾闔眼時會想起B君，且不時地做噁。他確確實實侵犯了你。還有B君那一群朋友，你把他們推到記憶裡很深的地方去了。

你偶有寂寞的時候。但那些生理上的渴望及需求，總可以靠著自己雙手得到紓解。

人們說，當命中註定的兩顆心相碰撞時，那聲音將清晰可見，牽動兩人。

你終於第一次體認到那聲音，是在離開B君和那群朋友的半年之後。

C君，第一次愛戀

突然來襲的低溫冬天，你擠出時間去報名外語課程，慵睏的身子在每個星期六早上總要打起精神，離開被窩到教室去。那不是一種折磨，而是令人期待的喜悅。

你在課堂上結識了C君。他是一個分外吸引人的大男孩，臉上笑容總是柔柔地掛著，高挑地身材在教室的燈光下，被拉成一個漂亮影子。你經常試著去踩那影子，想讓這些微不足道的惡作劇被什麼人發覺似的，C君就會轉過身來，愉悅地和你攀談。

一個影子距離如此之近，但實際距離卻如此之遠。經過了四堂課程，你對於男孩的愛慕在每堂課中拂散開來，卻始終沒有交談機會。

幸運地，那天老師邀同學們外出小聚，在種種意外之下，參與聚會的人只有你、老師、C君。

你們信步在中山南路街道上。你在言談之中，慢慢臆測這場聚會背後的意涵，腦波很輕易就辨識出這是你所熟悉的圈子，那音調、舉止像是暗湧記憶引發的昇華過程。那個你無法逃離，卻又被迫離去的圈子。

彼此臆測的過程並沒有那樣綿長，很快，你們就坦承了自己的性向，彼此玩笑著，作弄著。老師提議去民權路上那家三溫暖，那個曾經在朋友口中反覆被提及的三溫暖。你沒有應允，卻是默默跟了過去。

折磨人的夕陽時分，三溫暖裡潮濕卻暖和的氣氛，彷彿可以熨平你心身動盪。這是你第一次到這家男子三溫暖。每一道門都是虛掩的，門內許多人影流穿，人們彷彿對著門外的人耳語著，而門外的人也是。

C君說，總是進來了，橫豎都要體驗一下，你喜歡我更多一點？還是喜歡老師更多一點？語句像是直楞楞的飛鏢，釘上了你的不知所措。你有些畏懼，但是又擔心錯過就是遺憾。不知道哪來的勇氣，你伸出手指，指著C君。你明白當你這麼決定時，你就可以短暫擁有C君的身體，即便你仍有些畏懼。

兩個凌亂身體在凌亂的三溫暖迸生著。你進入這個圈子多年之後，第一次感受到無限歡愉，這是C君給你的。那感受難以具體形容，不能說是誰引導著誰。從一開始的徬徨，到現在的欣然接受。你的身體明顯無法抗拒C君誘惑。

C誘人之處，在於他懂男人身體。那關懷從腳邊開始，你半瞇著眼，看著C君親吻你的腳，那張精緻臉龐一路往上吻著，直至親遍你全身。C君像是在保護什麼似的，他雙唇幾乎柔軟地讓人窒息，讓你忍不住扭捏著身軀。這樣緩慢的柔情，在床笫間被施予了最大程度的想像，引起了揣測、遐想、刺激。尤其這樣一個美男子在親吻你全身之後，把雙唇貼上你的嘴，你身體的最後一絲理智也失去了，理智是一個不存在的問號，任憑C君伺候你的身子。

那是C君的氣息，三溫暖的氣息。那氣息能無設防侵入你心中。對於你自己身子，逐漸明晰了，男人慾望像是一定要用盡的東西，要定時掏進掏出，否則便不舒坦。那空濛的三溫暖，一直在迎合你們慾望。

但那晚的經歷，真要留在回憶裡了。也許有些讓人笑話，C君在離開三溫暖之後，你們關係又回復到以往的同學關係，頂多在英語課上打些招呼，但僅僅是如此。分外讓你感到尷尬，你畢竟是一個活脫脫的人，見到C君，都不知道該把眼神擺在哪兒。

這事情困惑你許久。後來你思索，是不是那晚你表現了一無所知的懵懂模樣？是不是你漏了什麼？沒有伺候好C君？但是你也是明白的，你從來就不知道如何伺候他人的。你明明是從另外一個世界，莫名闖進這個圈子的人。想到這兒，你覺得無能為力、沮喪。

但究竟是何時得知C君出國讀書的消息？你記不住了！在教室裡，只要關心C君的人，都知道C君正準備到瑞士攻讀酒店管理專業的事。然而你卻是透過老師口中才知道，也許你對於C君而言，幾乎是無關緊要，結識或是離開都無足輕重。但這麼說，總是有點悲傷痛苦，那天在三溫暖發生的事情，其實都沒了蹤跡，但你總是不甘心，想要找時間和C君聊個清楚。

當那些情緒已經濃厚到再也藏不住。你主動約了C君。你們信步在台中市街頭，有一搭沒一搭的聊著，那一晚的記憶像潮水一樣一層層翻騰過來。C君一開始坦然自若，當每一個回憶逐漸翻開，每一個過往對話、舉止重新被提了起來。幾番談話及溝通，C君的心竟然柔軟起來。他說，他已經不相信愛情許久，與其信奉那些虛無飄渺精神層面的東西，他更在乎男人裸露的身軀。但C君喜歡你的直接與坦率，那是他年輕時候剛體會愛情的模樣，如青蘋果般的氣息，如春天新發的嫩紅芽。你說，已經世故的人心，也許還有找回愛情純真及善良的可能。你要求C君和你一同努力去探尋。大概是聞到你內心那一層真摯的情感，C君確實動容了。他說，成年之後，青澀的愛情難以尋覓，充其量只是肉慾更多一些。

不知道是不是C君為了前幾年的荒唐尋找藉口，他在當時認為總要給些什麼承諾。

他說，不能去瑞士了之後就失去聯繫。他說，要盡可能通上電話，所以拿出手機記下你的Skype。他說，也需要地址的，也許能寄上什麼禮物給你。他說，也許可以留下什麼，做為思念的憑證，所以他卸下了跟隨自己多年的腕錶給你。他說，要你給他一張照片，那模樣最好如同當下。

而你點頭，靜謐地聽著。空氣中彷彿有一個無形的黑板，C君正在振筆疾書地繪製他給你的遠景。而你是直接相關的未來，你在竊喜著，那顆心溫暖地幾乎都要化了。你還是有所依託的，你深信著。

但那一次的信步交心之後，你又失去了C君，他有很長一段時間都失去音訊。學習的課程他早已退了，意興闌珊的你也逐漸少去教室了。最近一次去，其實是為了打探C君消息。果不其然，C君已經啟程去了瑞士，而你又沒有被告知。

C君說，你最彌足珍貴之處，全在於你的純潔。然而那個深深攫住你的C君究竟純不純潔，你無從而知。他總是難以捉摸，無論你如何探索，如何掏心，他仍是複雜極了。

就在你對C君的思念排起了長長的隊，份量足以扼殺你的生活時。你收到了C君的消息，不是Skype，沒有禮物，而是一張風景明信片，正面簡單的寫上，「想念你。C」

這的確符合C君的習慣，總在你瀕臨絕望時，又給你稍來期待。所以你和往常一樣又燃起希望，但是這很快又落空了，除了那封沒有位址的明信片之外，C君的音訊全無。

為此，你認真地查過了明信片上的位置，那是瑞士著名的一座山脈，有個白馬造型的圖案不清晰地鑲在半山腰上。你把那明信片珍貴地釘在牆上，好叫你每次埋首工作時都能夠掛念著什麼。

回憶舊了、鈍了，就如鉛筆一樣再拿出來削一削，想思念就削一次，新一次，短一次。但是鉛筆也有長度，總會愈來愈短……。

不知如何逃脫此地

都已經成了回憶，不論A君、B君，還是C君，那些回憶已經逐漸衰老，隨著你腳步。你現在夾在工作與家庭之間，沒有其他可能，沒有權力撒嬌，無法思念。一個已經有了太太及小孩的中年男子，偶爾在工作忙碌之際，如同往昔一樣，躲進浴室，扭開蓮蓬頭，在可能發生的急促敲門聲中，匆忙自慰。

在那三十至四十度的水溫中，你彷彿能夠找回一些溫度，那是年輕時候的自己。在陰莖來回磨蹭過程當中，你想念起C君，他的模樣忽隱忽現，但始終不清晰。你懷疑自己完全忘記C君的臉蛋，但不知道為何，你仍舊記得那一兩回與他有過的歡愉。

數十年如一日，人們說你是為人謙恭、有禮、稱職的先生及父親。但是又有誰知道，你卻是一個看著自己孩子模樣，興起做愛念頭的變態父親。

也許，真如A君在年輕時候提過的。人們的性別取向在一出生時便落了款，於是再也無法改變。有些在社會框架下的同性戀者，會壓抑著自己的理性，還有肉體上的歡愉，在適度的情況下，控制自己對美男子肉慾的迷戀。

不論是A君、B君，還是C君，其實你更期待遇見D君，那個還尚未進入你生命中的男人。在遇見D君之前，你不想符合社會對你的期待。訴說你對於父親及丈夫兩個角色的稱職，你更甘心做一個忠於自己的生命。但這仍舊只是嚷嚷而已，你無從閃躲，日子顛顛簸簸，最後你仍成了一般男子，遵循一般社會的期待。

你那時還不特別明白，當你答應了與女子結婚，你和自己的性別取向就說了永恆再見，你返回圈子的路就斷了。

逐漸鬆弛的胸膛，逐漸凸起的腹部，你已經成為一個庸庸碌碌的已婚男子。人們已經不再發現你身上任何魅力的符號，身上不再流洩清冽檸檬水味，也沒有被太陽照熱的木質氣味。

你奔波於妻子及孩子之間，長期間無法滿足妻子的要求，她的個性愈發劍拔弩張，全然沒有婚前甜蜜模樣，更多時候都在她的抱怨、你的隱忍之間度過。孩子教育愈發讓你力不從心，你有限薪水明顯不能負擔孩子的教育，捉襟見肘的日子經常在月中後體現。

更多的時候，你奔波於慾望之間，對於男子肉體的想望愈發愈不可收拾。那些你曾經擁有過的回憶，男子的面貌，A君、B君還有C君，甚至是陌生男子的身軀，都觸發你的慾望，盤旋在你心裡久久不去。家裡空間有限，妻子及孩子的壓力隨時就簇擁上來。唯一釋放你慾望的地方只有家裡狹隘的淋浴間，你在那片刻空間裡因觸摸自己的身體而得到慰藉，在溫暖的水溫裡，你用想像自己製作音樂，你自己創造情人，被壓迫中解放喜悅，並帶著這短暫的歡愉面對開門之後的生活困頓。

更有甚者，你也明白自己病態的時候。你自戀極了，你逐漸明白那些迷戀你身子的人存在著怎樣念頭，那些曾經眷戀過你的少年，就如同你如今愛戀著自己孩子身軀一樣，也許可以說這是道德淪喪，倫理失落，但你明白這就是慾望的體現，這是人性，無可避免。

既然無可避免，為什麼不忠於自己呢？為什麼不返回同性的圈子，享受愛情與性交的歡愉？你天真的以為自己可以主掌自己的慾望，去滿足更多人期待，但已是中年父親的你明白，這比世界任何一件事情都要難。但是忠於自己更難，家族的驚嚇與反對，將給自己帶來更巨大的災難。

如果把時間倒轉，回到應允婚姻的那一刻，那時俊美但沉默寡言的你，是否會做出相同的決定？其實你不知道，每一個抉擇都像是詩人聶魯達所描述的：

這是我出生與哀愁的國度
我重返此地
一起幼年失落的紅色洋娃娃
我不知她是如何逃脫此地

這男人已死

你是男子嗎？

數不清幾回了，母親還是安排了飯局，反覆說著女孩的各項優點。拗不過母親，你把原來既定的會議時間挪了出來，再請秘書一一去電致歉。

飯局就在鄰近台北世貿的那家大飯店樓上，那兒你熟，前兩天還在同一處地點敲下一紙艱鉅的合約，雖然辛苦，但也鑄就了不少的業績。原本的業務窗口都認為毫無機會了，你絲毫不願放棄，胎死腹中的案子旋又宣告了生機。常有許多人這樣形容你，在你的字典裡幾乎找不到「放棄」一詞，大概因為這樣，在廣告圈子裡，你還贏得不少雋譽美名。

然而這餐廳並不只是工作的場所，那裡也是母親認為可以談定兒女終身大事的地方，是締造許多戰績的餐廳，也是一個豢養愛情謊言的餐廳。這些謊言每隔一段時間就會出現，像細小微弱的芯火，也許不能改變些什麼，但至少是一束光，讓母親能夠安定的光。

你站在餐廳門外，該不該一腳進門赴約，反而有些優柔寡斷，雖然早已推掉了所有的會議。

「余先生，今天還是坐靠窗的位置嗎？」服務生引你走到慣用的座位，你不經意瞥見她的訕笑。

母親早已經坐在位置上。一桌的菜色在女方沒有意見下，幾乎都是你慣吃的菜餚，有一品湯鍋、東坡肉、西湖醋魚等等，這也是出自母親的主意。這一場飯局，母親滔滔地說著女方家世及背景，而女孩只是抿著嘴不做回應，女孩悠淡的微笑好似練習已久。你心不在焉地聽著。適度的偽裝並沒有讓任何人發覺。

「這兒的江南菜餚頗有名氣，爆的或炒的都不錯。我特別喜歡這裡的清蒸大閘蟹，廚房會在肉醮上薑絲酸醋，滋味挺好的。」雖然你才剛入座，立刻就介紹起這兒的菜餚。然而這樣的話語你已經不知道說過了多少回。

雖然偶爾會插上幾句話，但是大多跟餐廳的裝潢及菜色有關，從大廳的租界時期江南家具談到牆上的窗花及細木格子，女方對於你道地詳實的介紹不時地點頭示意。然而不管是櫸木、酸枝或是榨楨，你對於租界時期的家具其實並不如女方認知中的那般了解，這不過是你製造話題的方法。

母親在上菜盛盤的空檔間不停地誇耀你在工作上的表現。你是家中長子，很早就開始經濟獨立，擁有好學位和好工作，唯一父母感到不耐之處，就是你已經年近四十歲，卻毫無成家之意。母親也不只一次對你說過，她對於人生已經無所期待，唯一掛念著就是為你討房媳婦，能夠抱個孫子，除此之外她別無所願。

不奈的是，整場飯局所會出現的字句詞彙，你已經太熟稔了。這場飯局充其量只是個騙局，至少這件事你是很清楚的。但對你而言，即使百般不願，這也是能夠讓母親心安的唯一方式。

你是基督徒嗎？

母親是虔誠的基督徒，你曾經不只一次看過她在教堂上落淚，對於身邊所擁有的一切，她總是歸功於上帝。每次聖歌奏起，她微皺眼窩會流出一貫的兩道淚痕，一把鼻涕一把眼淚說著這些年來自己的成長。你的確不能否認母親在接觸教會之後改變很多，她的成長也經常被教友們傳頌著，長久以來在教友之間廣為流傳。

但這些看似溫馨的分享，對你來說卻都是一句又一句的重話。「這個世紀可以是說光怪陸離，真理已經愈來愈看不清晰了。你看一大堆同性戀到處嚷著要結婚，若是每個男人跟男人之間都要結婚，那豈不是要亡國了，這些都違背了神的旨意……。」對於母親說過的話，你最深刻明晰的就是這一句了。

〈利未記〉上曾經提到：「不可與男人苟合像與女人一樣，這本是可憎惡的。」聖經對於同性戀行為的反對態度已經相當明確了。

你曾經問過上帝，為什麼不對你伸出援手，你有時甚至會因為上帝的無情而感到憤怒。但是想起祂愛世人的方式，你又覺得自己太過於狹隘，祂讓耶穌基督以肉體之軀來到世間，以被釘死的痛苦，來完成救贖大業，這情操是無可比擬的。

你和拳手男人在一起的那幾年，原本熟稔的教堂也漸行模糊了，在那裡你得不到安頓，只是更多的焦慮及不安。你豎耳傾聽祂及男人的聲音，你無法背棄祂、也無法背棄男人，更糟糕的是，祂及男人都沉默不語。

然而你有一種更矛盾的感覺，你花愈多的時間在教堂及男人的身上，你就愈覺得自己背叛了祂、也背叛了男人。你覺得自己的靈魂是骯髒不淨的，受洗過千百萬次也依舊如此。但你無法理解的是，即使沮喪已經這麼極致了，為何你還眷戀著拳手男人雄美的軀體。

在你的書房裡，同時有著聖經及同志叢書。書架的深度夠，你把那些有著男人裸體的書籍藏在聖經的背後。

你常看聖經裡以苦難為主題的書卷〈約伯記〉，知道這些苦難其實都是試煉，為了讓你順服於創造者的智慧中。你唯一能做的就是更堅守對神的信心。

可是夜深時你總會感到沮喪，你會把簾幕拉開，輕柔的晚風不斷吹撫你的淚水。〈約伯記〉書頁裡的文字印墨，彷彿隨著晚風飄飛出來，從一種拘謹的型態轉變成躍動且驚心動魄的聲響，不停地敲擊著你的胸壑，一時讓你分不清楚是真是幻。那刻你會感到無比的恐懼，你有股衝動想撥開簾幕，直挺著身子，你要在羞恥心排山倒海而來之前，往窗下一躍，了去這罪惡的身軀，就隨著飄飛出來的文字往下墜。

那時候你覺得自己非常接近死亡，你甚至懷疑自己已經在體驗死亡了。

那一陣子你來往教堂很勤，你和母親一樣，當聖歌奏起時總是一把鼻涕一把眼淚。你深怕自己忘了有罪的身軀，深怕自己失去了感到羞恥的能力，深怕自己做出一些污穢的事來，深怕祂遺棄了你。

但是可恨的是，聖歌哼哼唉唉唱著的同時，男人裹著拳套，裸著上半身的樣子，卻一直飄進你的腦海裡。

你是廣告人嗎？

培根說：「虛榮的人為智者所鄙視，愚者所嘆服，奉承者所崇拜；而人們常為自己的虛榮所奴役。」前一陣子你剛為一個銀行客戶完成一支CF廣告，接到這個專案時你想起了哲人培根說的話。

你把廣告的場景設定在金飾店，那珠光寶氣的氛圍，多麼符合「人們常為自己的虛榮所奴役」這句話。

一對情侶在店內選購金飾。在店員的慫恿之下，女孩把一只五克拉的鑽戒套在無名指上。她反覆看著手上的鑽戒，臉上堆滿了笑，藉詞推託，在扭捏之間，那只鑽戒依舊停留在無名指上。

女孩一陣嬌柔央求，男主角取出了信用卡買下了這只戒指，他是心甘情願的。廣告的主軸帶到了信用卡的促銷手法，原來刷卡即有機會中獎，為女主角消費的戒指就像是一種投資。

後來女主角又試帶了手鐲，即使手鐲可輕易取下，她依舊作勢無法取下，店老闆不斷地鼓吹，男主角又取出了信用卡買下了手鐲。

這支簡單的CF廣告其實充滿戲謔之意，市場的反應也經過你反覆地實驗設計，廠商因此對你的創意讚賞有加，原本嚴肅的女性高階主管也哇然受驚，直呼你懂得女性心理。女性藉著名貴的首飾來彰顯自己的身價，一個多金且多情的男人，無疑是所有女性觀眾心儀的對象。

這是一個在兩性不平等及女性虛榮上大作文章的廣告，只是一般消費者看不出端倪。但你是明白的，一切都必須建築在男性的經濟基礎上，男性必須承受更大的工作壓力，獲取更高的金錢報酬，才能滿足女性的虛榮。

如果允許，你真想開個玩笑，將廣告中的男女主角互相調換身分，真不曉得視聽大眾做何感受？

許多人誇許你相當領略女子心理，你的廣告作品經常被當成重要案例被供奉起來。當人們這麼讚許你時，你一點也不會感到雀躍。

雖然這麼說有點抽象，就在你愈來愈懂女性心理時，其實你已經快要失去自己的性別了。

你是女人嗎？

你是男人還是女人？有時候你自己也分不清楚。

不知道從何時開始，你開始懷疑自己的男性身分，你甚至覺得自己已經逾越了男性及女性之間旗幟分明的壁壘，你覺得也許自己還了解女性多一些，否則怎能做出這麼多讓女性激賞的CF廣告。

你從小一路唸書都是名列前矛，畢業之後責無旁貸地投入職場，並在社會上頭角崢嶸地贏取不錯的地位。你在父母心中是一個稱職的小孩，不但改善了家中的經濟，你的成就也讓父母覺得榮耀。你很早就體認自己的人生，只有競爭，不容許懦弱。

「我不要當父權主義下被期許的堅強男性。」在那廝殺嗜血的工作職場裡，你發現自己愈接近權力核心，反而愈想逃離。

有時候你甚至懷疑自己是王爾德轉世，集詩人、小說家、戲劇家的他，全身都充滿著藝術細胞。你讀過王爾德的背景資料，他在一八九四年時因為同性戀身分被捕，慘度兩年牢獄生活，並被判處勞役。

而他最好的詩作《里丁監禁之歌》卻是在身心俱疲的狀態之下所完成的。當時他隱名西巴斯金・梅莫斯（Sebastian Melmoth），並逃離英國遠赴法國定居，最後受盡責難死於異鄉法國。

你喜歡王爾德的悲劇性格，你常想有一天你也許會被強迫出櫃，在眾人面前受盡一切的屈辱。如果勇氣允許，你計畫好這一切，你要在所有的燈光下說出你今生伴侶的名字。當然你知道這其中的壓力是無可比擬的，而且你已經尋找勇氣好多年了，卻還一直遍尋不著。

你是拳手之妻嗎？

你的男人是一個職業黑拳手，你喜歡他身上曲線完美的身材及黝黑的膚色，那很符合你對美學的要求及看法。凋零的秋天，你和男人憑藉彼此的溫度相互取暖。

你很欣賞男人對於生命的看法。他把生命看得雲淡風輕，覺得自己來到這世上並沒有改變了些什麼，自己的生命不過是活著和死亡之間的差別而已。

當男人這麼說時，你就像孩子似地嚶嚶哭了起來。無可救藥迷戀他對於生命的態度。

那一年秋天你第一次在中國大陸遇到了他，你卸下商場上虛偽的面具，第一次見面，兩人就像是知曉彼此已經很久的朋友。在他打完拳後，你們經常散步回家，入夜之後的擂臺像是一個荒涼的墳場，看拳的觀眾都已散去，你和他踩著滿地的票根返家，有時你會覺得每踩一步，心就會糾結一下，那殘缺不堪的票根倒像是你們，因為不是主流，所以只能在這一堆的凋零聲影中，被反覆踐踏著。

認識他之後，你不用再刻意偽裝世故老成，他呈現出來的是你失落很久的青春，略帶著些靦腆的年輕，而這種感覺從你離開校園之後就消失了。

你的男人對於性別取向堅執不渝，他很清楚自己來到這世上就是愛男人的。對於他堅定的姿態，你由衷地表示欣羨。你有時會認為你和男人彼此觀點上的落差，是來自出生的環境。而且你深信那是因為你的男人沒有包袱，沒有家人的期待。

男人十三歲那年跟著河南的師父打拳，親生父母到底是誰他也不清楚。他流浪各地打擂臺賽。賭徒支付門票，下注博輸贏，他只要贏了拳，就可以拿走門票收入百分之三十左右的金額做為勝利獎金。幾年下來的淬鍊茁壯了他的身體。

男人離開你的那年才二十五歲，他說他已經打過兩百多場拳賽，幾乎每場都贏，但是他說的話並沒有應證在最後一場拳賽上。一個蒙古族的摔跤手以左腿擊中他的太陽穴，奪去了他的生命。

他沒有一技之長，原本準備掙錢和你安居台灣，以為再打個八場就夠了，但是一切都已經徒然。

你很懂他的，因為那也是你。完全沒有後路可退，只能盡其所能地打著，有沒有下一場也不清楚，一切只能盡力。在事業上的成就更讓你覺得可悲，你像是一個在競技場上跑過頭的小孩，恍然回首才發現沒有追隨者，當中的寂寞可以想見。

你是罪犯嗎？

「那個……，你們兩個人給我過來，把證件拿出來……。這麼晚了為什麼還不回去，還在這裡閒逛，跟我回警察局拍照存證。」進行盤查的警察對你吼著，口氣十分不友善。

你知道這個城市的價值觀，也了解警察如何看待你們。那陣子你接了一個婦女團體的文教廣告，主要訴求婦女在深夜行走的安全性問題，廣告一推出立刻引起迴響，只是甚少人知道這一切的靈感都起源於那次的盤查事件。

面對臨檢，你雖然有些惴惴不安，但表現倒是果斷，當警方要帶你們回警局拍照存證，你理直氣壯得向他吼著。「我沒有必要跟你回警局，我是公民，我愛在哪裡散步是我的自由，我並沒有做任何違法的事情，你不能剝奪我的行走的權利。」

警員臉露慍色，但依舊強行帶你回警局。

你憎恨陽光，直到入夜之後、黑暗來臨，這世界才能接納你，你開始發現自己只適合生存在夜裡，白天不過是苟延殘喘地活著。你的世界是一層厚重的冰雪，陽光如何也照不進來，而你則是以一貫的冰冷態度看待著白天的世界。

在清晨的警局，你昏過去又醒來。幾個不太熟稔的圈內朋友也被帶進來警局，他們大聲嚷嚷著警察違反中華民國憲法第八條或刑法第二十六章第三百零四條的強制罪。

你很深刻地體驗了痛楚，一巴掌打在你的臉頰上，除了你之外，其他的圈內朋友也無一倖免。

說起痛楚，這遠比你想像中的更痛。你仰頭看著眼前這位高階警官，他不就是當天相親的女方家長嗎？

你是孽子嗎？

你深居簡出，覺得自己罪行累累，已經沒有太多的力氣前往教會了，每前往教堂一次，巨大的罪惡感便再重重襲擊。

那天母親被通知來到警局，得知你在同性戀常聚集的街道閒晃的消息，那名高階警官向她說明那裡隨處可見的猥瑣景象，每個男人拿自己的身體作為交易的籌碼，每具肉體都待價而沽。你只記得警官最後狠狠罵著「齷齪」兩個字，母親的淚水就這麼被逼了出來，她一張臉哭得花花慘慘。

你難以抗拒母親的淚水，她臉頰上的淚痕難以抹去。

你和母親一起返家，你腿上的傷讓你幾乎無法行走，一跛一跛地跳離開了警局，墨鏡底下有著青紫的傷及巴掌痕。那實在也是無可奈何的事情，對你來說那是一種追尋與摸索，沒有參與公園裡的同志活動，你大概永遠打不開心中的那扇大門。而你從不後悔去了那裡。

很早之前你就能夠描繪出家的模樣了。母親就像是一片綠蔭，在你的成長過程當中為你擋去炙熱陽光。你也長得很好，你拔茁英挺的模樣，在同儕之間顯得突出，不論是課業成績、人際關係、懂事的程度，以及現在職場的表現。人們說你有一種高雅的氣質，是個有家教、富學養的人。在成長的過程中你似乎不曾讓母親失望過。

對其他的人而言，能夠同時做好人生不同階段的任務，而且恰如其分，也許是困難的。但是對你而言，這一切就像卡榫一般，一關接一關的完成，始終沒有什麼困難之處。

不過只有你自己清楚，所謂的家教及高雅氣質不知不覺已經形成了枷鎖，比什麼都還強固的枷鎖，你已經無法掙脫。

你努力讓自己看起來像個有家教的孩子，那其實並不難。就像你常拍的廣告一樣，只要你在外表裏上美麗的糖衣，就能說服他人。看來就只能盡全力地偽裝吧！你似乎也沒有後路了。

你第一次來到公園時，還難掩青澀，公園裡的氛圍讓你喜悅不已。你開始覺得自己的一生可能現在才開始，但也可能在這裡就準備結束了。

母親覺得蹊蹺的那天，她踏進平時鮮少進入的書房，在書架上翻了又翻。對母親而言，書房是個神祕的地方，她永遠猜不透你為何老是待在那裡，也許能從那找出一些祕密。

豁然一震。她在你的房裡發現為數不少的同志雜誌，一張又一張男人的胴體照片隨著書頁翻閱著，直到母親的淚水決堤。在那一瞬間，母親發現你不再是那個唯唯諾諾的孩子，你已經長成一個羞恥的人。她的拳頭逐漸握緊，憤怒也一點一滴被喚醒了。她以為自己對你的關心不夠，身為母親的她多少要背些罪名。

母親開始尋求教會的協助，那些悲觀的想法、憤怒的想法在許多熱心教友的鼓勵之下，也逐漸有些釋懷了。那些力量及意念逐漸建構她的理路思維，母親開始有計畫地為你安排相親。年紀長的、年紀輕的，身材纖瘦的、豐腴的，北部的、南部的、出國留學回來的、在國外成長的華人……，她幾乎沒有錯過任何一個可能的機會。

頻繁的相親活動何時竟也成了你的行事曆之一，也許比工作還要緊些，還得仰賴祕書代你安排。甚至已經成了習慣，同樣的地點不同的對象，反覆地重演著，像一塊食之無味的硬麵包，但是為了果腹，還是只能啃著。與那些女人面會的過程中，你愈來愈能夠看清女人的面貌，任何女人只要讓你看上一眼，你就能夠臆測出她行為舉止。不過，就在你愈來愈能夠看清女人的時候，你卻發現自己的容顏愈來愈模糊了。

母親大概是看出你的心事，鼓勵你常親近教會，你也覺得甚是，仿若唯有如此才能得到救贖。只是每次踏進教堂時，你都會猶疑不決，無名的罪惡感逼近你骨髓，像蛇一樣在你身上曲折爬行著。

那些教友們似乎特別關懷你，常問你感情的事，說著：「該是結婚的年紀了」、「兩個人一同生活才能夠完整」這類的事云云。當他們這麼說時，你那直逼骨髓的痛楚又油然而生。做為你教堂的兄弟，你是由衷感激他們的，只是你偶爾發現，當你離開他們的視線時，他們就會不自覺地搖頭嘆氣。

你如往常一樣的上班、相親、上教堂，當然也一如往昔地去公園。這些都成了生活常態。

在工作上你同樣表現稱職，愈來愈多的女性消費用品廣告找上了你，有些學者希望你能多著些書，讓「女性行銷」這個名詞被更多人所知道。你覺得愈來荒謬了，當你花更多的時間探索自己的身體及心靈，就能夠激發更多的創意，那些創意也絕對能夠成為女性消費品暢銷的見證。可是你有的是男人的身體啊！

面對這些崩離及混亂，你更頻繁地往返教堂，後來你不經意發現，逐漸加深的罪惡感竟然與往返教堂的次數成正比的成長，直到你再也跳脫不出來。你實在不懂，上帝當初創造「男」與「女」，並使其互相愛慕結合，那麼男愛慕男又算是什麼呢？你是不是上帝的失敗之作，天生下來就是荒誕之物？

你更無法離開那個圈子。「夜晚才是你的世界，白天是異性戀的世界。」有人這麼對你說，不在教堂的時候，你挺信服這些話的，而且也很動聽。

你在夜晚公園尋求白天教堂的救贖；在白天的教堂尋求夜晚公園的救贖。何時該讚許對方，何時該婉轉離去，在相親的場合你依舊得心應手。你成為自己廣告鏡頭下的成功模特兒，每一次都能扮演好自己的角色，畢竟這也不容許有NG的機會。

你看重自己的每一個身分，而且都盡其所能的做好，不論是上班、相親、上教堂、去公園。

你把沮喪和謊言養到最大，直到失去了控制。那天你在書架上發現了那幾本有著男人胴體照片的雜誌不翼而飛，你終於發現自己再如何盡力扮演這些角色，也無法滿足母親對你的寄望。你終究還是一個孽子。

「美好的事情來了，悲傷的事情也來了。」你不清楚是不是心中的壓抑已經到達了極限，你突然有一種難以言喻的喜悅，你已經愈來愈能夠習慣發生在自己身上的悲劇，你不想尋求任何救贖。你甚至覺得這悲劇以優雅的姿態存在著，而你義無反顧地過著這樣的悲劇生活。

「這一切應該是宿命吧！」你在拳手男人的墳上，曾經這麼說。現在你這麼對自己說。

你不過是個亡者。

你打開那扇窗，想像自己慘白的臉蛋就鑲在窗裡，像是一張永恆的遺照，尺寸及比例適宜，你的模樣也符合死亡的姿態。

你不知道該不該憎恨祂，但是至少該憎恨自己，該憎恨這個可鄙的世界。你努力當個稱職的孩子，努力扮演好你的職場角色，努力做好社會賦予給你的性別，甚至你也努力信仰宗教。你為許多人、許多事物負責，但是你不清楚誰該為你的生命負責？

也許夜晚是適合的，至少符合你努力避開的白晝與陽光。如果沒有你的氣息，是不是母親就不再傷悲？如果你縱身一躍，是不是就更接近拳手男人一些，也許能在另一個世界比翼雙飛？當你這麼想的時候，那些驅使你躍向死亡的念頭已經確實抵達你的身體。窗外冷颼颼的風似乎更劇烈了一些，撫吹的角度很具有摧毀性，很適合往下墜。

你的墜落近乎本能，就如你盡本分地演好每個加諸在你身上的角色。你墜落的那個夜晚，母親正在前往教堂的路上。你沒有去教堂的那天夜裡，母親在玻璃桌上放置了一本《新約》，窗外灌進來的風迅速翻閱著書頁。直到〈羅馬書〉的頁面才停了下來。

因此上帝任憑他們放縱可羞恥的情慾。他們的女人把順性的用處變為逆性的用處，男人也是如此，棄了女人順性的用處，慾火攻心、彼此貪戀，男和男行可羞恥的事，就在自己身上受這妄為當得的報應。

艾勒斯亞島上的異性戀少年

多雨的季節，鎮日都是一灘灘的水漬黃泥。認識男孩的那個陰天，球場上的水漬逐漸乾了，街角的籃球場剛上了燈，你運著球在球場上來回奔跑。他不知道何時出現，坐在雨棚裡，純白的球鞋踢蹉踩著水漬，像是唯一的觀眾。你卻在球拍與打之間，聽見少年的哭泣聲，那聲音孱弱卻清晰。

「你不曾看過淚水嗎？」他就在球場鐵絲網旁邊蹲踞著，你不知道他的名字，只看見他的淚水逐漸泛溼在兩頰。男孩的身軀異常孱羸，他佝僂著背脊低泣的模樣，曾經讓你以為他幾乎不曾擁有過笑容。

你起身接近少年，勸阻他不要再哭泣了。這才意識到少年身著前一個世代的服飾，感覺那樣地蠻荒。他的身軀隨著啜泣聲痙攣，那幽微的鼻息，你至今都還印象深刻。

事後你發現那是僅有的一次，那少年美麗的淚水從那之後就不曾出現。驚惶的你來不及把淚水裝進罐子裡，也許轉售給淚水博物館是個好價錢。

在艾勒斯亞島上，從沒有人會提出問題，這兒本來就有一套真理，人們根本不需質疑任何事物。據說在更早之前，先民非常在意細節，世界被拆解成一個又一個的細微事物，再將無數的細微事物堆砌起來，著書成為真理。這些嚴謹的元素是不容質疑的，先民的作為及智慧幾乎等同真理。

於是少年的疑問惹怒了在場的同伴。有些同伴因為第一次看見淚水而戰慄，也有些人打電話報警處理。正當你抖著手試圖安撫他時，手掌突然感到一陣焦灼，他竟然像煙霧一樣往天邊消弭而去，你們一群人凝視著少年離開的方向，那是攝氏四十三度的陽光，你甚至懷疑少年被蒸發掉了。

你感到困惑，卻也不敢說出問題。胸口中一股又鹹又濕的奇妙感受卻油然而生，到底是為什麼你也說不上來。

發現少年的那一年，正好是艾勒斯亞島上的總統大選，保守黨的候選人意外以少數幾票贏得勝利。大部分的政治評論家都認為這與激進黨候選人爆發性醜聞有關，在選前幾個月，激進黨總統候選人被發現和異性發生不倫，竟將他的根器放進女孩子的身體裡。

「簡直不可原諒，畜生的行為。」保守黨的候選人這麼說的隔一天，選票就悉數倒向他。

人們開始不相信艾勒斯亞島上的激進黨政治人物。據說在距離現在的兩千多年前，居民們尚未開化，那還是個異性戀充斥的年代，當時衍生了許多問題，諸如婚姻暴力、女權主義高漲等等，更讓人吃驚的是，當時的人們竟然相信傳宗接代這類荒謬的事情，就跟畜生一樣地拚命繁殖後代。

「沒有想到這兩千年的文明之後，激進黨的總統候選人居然又和異性發生關係了。」新聞主播在電視上邊搖頭邊嚷嚷。

保守黨的總統候選人獲得選戰的那天，幾乎整座城市都陷入瘋狂，那火紅的煙花在天空一陣又一陣地放著。你和大多數的人一樣，身著厚重的羽毛衣，和在人群中看著熠亮的煙火。

你卻在煙火釋放的同時，又想起了少年，那種思念彷彿來自於大海深處。你幻想自己舔著少年的淚水，那滋味就如史詩上訴說的，飽滿而含有鹽分，即使你未曾流過淚，也未曾嚐過。

在一陣陣的鞭炮聲中，那少年竟然從疾黑的夜空中走了出來，而且愈來愈清晰。你試著擠到人群的最前，揉了揉眼確定那就是當初哭泣的少年。

那少年的表情在碎塊光影中漸漸成型，這時你才緩緩地發現，少年的臉蛋出奇姣好，而你竟然從來不曾注意過。而他的雙眼明亮得像是鑲嵌在夜空裡的星子。你能夠想到的，能夠與少年對應的，似乎只有指責，你已經太熟稔這世界的面貌，只有不變的真理，沒有怯懦與質疑。但是就在少年愈來愈接近你的時候，你的話語卻哽住了，你不知何時被少年所迷惑，他的肌膚吹彈可破，讓人想一親芳澤。

你似乎隱約感覺到自己褲襠內，有一股蠢蠢欲動的想望，某個器官甚至漲大堅挺起來。你的臉一陣緋紅，你對於自己的身體反應有些意外。

就在你和少年僅相距一尺時，你發現少年臉上的沮喪。「你相信我是異性戀嗎？我來自上一個世紀，不敢相信隔了一個世紀，世界就竟然改變了。」少年這麼對你說。

當少年這麼說時，你難免狐疑，直覺是個笑話。就你在書本上所讀到的知識，異性戀的世代彷彿是在更久遠之前，絕不僅是一個世紀而已。你直覺地責備起少年來了，咒罵他違背社會倫理，做出逆天的事來。

這個果決的時代是不容許異性戀存在的，因此你才懷疑少年話語的可信度，這裡的確有一些學者專文探討異性戀問題，據傳可能是腦神經出錯的關係，也有學者歸類為精神疾病，而最後的案例也是非常久遠的事了，甚至讓人覺得非常疏遠。若少年果真性別取向出了錯，那麼肯定會引起一陣騷動。

即使你氣得青筋盡冒，少年依舊不改其色，他只默默地聽著。你罵到聲音都漸啞了，才發覺自己剛才體內的那些慾望逐漸成型，十分難以言喻，你和少年眼神幾度相接，竟然逼得你有些喘不過氣來。

你發現自己可能愛上少年了，究竟是怎樣的情愫也說不上來。你只要想到少年說的話，就不禁打個寒噤，畢竟如果少年的話屬實，那該是多麼罕見的一件事啊！

你和少年散了之後，就與他失去聯繫，你這才恍然想起自己從沒有問及少年的背景，對於他的一切更是陌生。

再一次遇見少年，他不請自來，不知何時侵入你的家中。一早開了化妝室的門，就瞧見少年正在刮著鬍子。只是你百思不解的是，少年根本沒有鬍子，他只是一逕專注地看著鏡子。

有時你甚至會懷疑少年是不是瘋了，他認真刮鬍子的臉在鏡子裡愈來愈模糊。你對他的認知也愈來愈模糊，你只記得他淚盈的雙眼，真覺得自己不夠了解少年。

正當你準備開口時，少年這麼說，「原來這是男人們會做的事情啊，刮去鬍子的同時是不是也刮去了煩惱？」

煩惱!?眼中有淚水的人自然滿腹哀愁，你這麼覺得。可是少年在困擾什麼呢？你對於少年的好奇真是愈來愈深了，於是與他攀談了起來。你逐漸相信他來自於上一個世紀的說法，否則他又怎能把謊言說得如此真確，他說他們那個世紀的人大多數是異性戀者，當然也有些人是同性戀者，不過同性戀者只有在入夜之後才會坦承自己的性別取向，終日在ＰＵＢ裡過日，紛紛又擾擾地過完一生，幾乎不被認同。

「於是淚水成了洗滌憂傷的唯一方式。」少年這麼說。

愚痴如你，怎樣也體會不出少年的感受。憂傷及困擾啊，那是浩劫時代的產物，幾乎不存在於艾勒斯亞島上。

「所以在你們那個世代，反而是異性戀才是大多數？在我們這個世代是不容許有懷疑的，所有的知識都經過前人反覆印證，根本不需多過於揣測。更正確的說法，我並不需要多花費力氣去質疑真理。」你很理所當然地說著。

少年似乎對你的說法不表認同，他沮喪得搖了搖頭，就轉身向牆壁穿去，那厚壁低吼了幾下，直到少年隱身於其中。你直覺地趕上了上去，但是少年飛也似地奔跑，他穿過好山好水、稀薄的雲朵，那紅暈天光的日出。你再怎麼努力也趕不上他的步伐，直到失去他的蹤影為止，你彷彿看見他直接走進太陽裡。

在那之後，你經常以為少年會隨時出現，你經常瞪視著牆壁發呆，臆測著可能一個轉身，就會瞧見他在你身後。你瞞不了自己，對少年的渴望與日俱增，你無法安頓自己。

再一次遇見少年是在淚水博物館。為了更了解異性戀的初起緣由，你撥了空到那一趟，據說淚水博物館闢了一個專區，專門蒐集異性戀的淚水，每當看到參觀者對於裝滿淚水的瓶子發出驚嘆聲，你就想起第一次見到少年的情境，那時少年迎風哭泣的淚水量恐怕是世人所難以想像的。

你就在那又遇見了少年。他混在人群裡，你大老遠就發現他，趕在他被人群淹沒前你撥開了一條路。就在你接近少年的時候，心中那股難以言喻且曖昧不清的恐慌感又漸漸成型，那恐慌感竟然讓你莫名的興奮。

「我真不覺得這些異性戀的淚水有什麼值得的地方？況且我也是異……。」少年指著玻璃櫃裡的瓶子說著，你深怕他說漏些什麼，急急忙忙地堵住他的嘴。

在那一刻的恍神及昏眩中，你覺得大概是瞞不住自己的情感，你們在博物館擁吻了起來，彼此大方地交換唾液，你們吻得有些忘情，幾乎無視於他人的存在。約莫過了十多秒，少年抬起頭看著你，你發現他的腮有些紅，眼底有一股無法形容的渴望蔓開來了。

「你的吻很舒服，值得細細咀嚼。我想離開這裡，我想去外頭走走好嗎？」你們就默默離開了淚水博物館，你提議往馬戲團的方向走去，在這之前你從來不曾去看過戲，也沒有想過這一趟前去馬戲團，竟是你和少年訣別的時刻。

距離馬戲團的路途有一段，你和少年沿路聊著。他的腳步並不輕盈，落地時夾雜著沉甸甸的腳步聲，好像拖著某種重擔而行一樣。說實在你並不夠了解少年，但是他卻好像知曉你所有的事，你僅能憑著一些枝微末節去尋找他的線索。

少年說他是一名落難的公主，來自於上一個世紀，那是一個九成以上都是異性戀的社會，任何地區、任何角落、任何身影、任何人種皆是如此。即使有些同性戀存在，他們也多躲在幽闇的長夜裡。少年這麼說時，你並沒有感到憤怒，你已經可以慢慢接受少年陳述的事了，無論真假與否。

他說原本自己該是死亡之軀，意外被深埋在鮮為人知的岩層裡，怎知一醒來宛如隔世。你不清楚少年敘述的是不是真話，但是你害怕那是真實的，因為那與你求學以來的認知完全不同。你曾經在圖書館翻閱過史冊，即使少年陳述的事實為真，那也是極為久遠的事了。

你們穿過那斑駁的農舍，無人的森林，往馬戲團的路途前進，最後來到一條通往馬戲團的小徑。少年到達的時候，重咳了幾聲，你攙扶他坐下，訝異他的胳膊細緻而柔軟，他的聲音很媚也不算陽剛。

你不知道少年並沒有穿鞋，小徑上留下了如玫瑰花瓣的血，那些紅錯落在你們走過的小徑上。

常有人說這個馬戲團是虛構不來的，每一項表演都真實且怵目驚心。舞台上幾個馴獸師進入由鋼絲圍成的鐵籠裡，幾個異性戀者被套上了項圈，半拉半就到了舞台前方。馴獸師示意要他們對觀眾行禮，他們雖然不耐卻也照做了。

馴獸師驕傲地說出這幾個異性戀者的捕獲過程，諸如這些異性戀冰封了多少年，如何馴服他們等等，並宣揚這活化石的罕見程度。說到精采之處，觀眾回以不斷的驚呼聲。

你看得起勁，畢竟這看戲經驗也是頭一遭。倒是回頭看了少年，他腳底的鮮血不知何時流滿了看台。少年的表情相當憤懣，他和鐵籠裡的異性戀者幾度視目相交。直到其中一個馴獸師發現了這一切，舉起手指著少年的方向。

你是到後來才知道少年哭泣的理由，那些與他相同性別取向的人遭受到虐待時，過於悲憤的他常會不自覺激動起來，這可能是少年血流不止的原因。

一群人架走了少年，把他視同被捕獲的獵物丟進鐵籠裡，利用長鞭抽打著。從你這個角度看著，那長鞭似乎抽進了少年的軀體，皮肉不斷被撕開，直到少年衣不蔽體。那一刻你才發現少年的乳房，正確的說法是，少年也許不是少年，而是如她所說的，她是落難的公主。

所有觀眾的視覺神經都被激揚了起來，每個人的敵意如火，數以千計的歡呼聲在戲團裡響起。

你就這樣沮喪地蹲踞在看台上，在滿場喧囂的場中掩面而泣，你在顫抖中等待他人的發現，也一併把你送進鐵籠裡，那刻你真想成為籠中的她。

你也終於體驗滾燙淚水在臉頰的感覺，你後來常覺得那淚水圓渾如玉，比任何事物都要玉潔冰清。也許在艾勒斯亞島上像你這樣體驗過異性戀愛情的人並不多，但是鞭子抽打她那刻，你真覺得性別取向實在不重要，什麼是真理，你也看不清楚了。

後記：

後來你在史冊找到真理一詞的由來，最早提出真理（Aletheia）這個辭彙的人是希臘哲人蘇格拉底。蘇格拉底和柏拉圖都不重視論文式的書寫，他們認為這些從事專業寫作的人，並非為了真理，大多是以修辭學的技巧欺騙後人。

蘇格拉底更認為，探求真理並不需要雄辯技巧。只要在對話中透過各種提問，真理便會張顯。

流離

二〇〇七年　首爾

（一）

故鄉是你們賴以維生的信仰，它牢不可破，所遇見的人也是。魂縈夢牽的人，他們記憶中的面目，不論經過多少城市的遷移，對你來說依舊觸手可及。

你，鄭承教，三十七歲。在弘毅大學裡教美術史。

你在二〇〇四年結識凱兒，他交到你手上的那年，他的指導教授引著他來找你。

他一副蠻不在乎的模樣，疲憊而厚重的眼瞼可能來自於前一晚的宿醉，你循著他的語調及氣味摸索，直接問他：「打哪來？聽你的口音不像韓國人？」

從此，他成了你的研究生。霸道且頗有個性，即便個頭小。

你有段記憶是與凱兒的特質吻合的。

「我從北台灣來，雙溪。」凱兒說。

當他這麼說時，你腦海中的記憶符號立刻被拉回到你還在台灣的那幾年。「我知道那地方。」你向他點點頭。從那一刻起，你就決定好好指導這位研究生了，待他格外親切，即便他並不清楚所以然。但對你而言，很明顯的，是為了紀念某一段記憶與人。

那些日子之後，你讓凱兒留在你身邊，無所不用其極。凱兒二十八歲那年，鐘路區的小公寓，他搬出了。一起過來和你生活，他的心和身體你都想私有。

對於凱兒看待於自己身體的方式，你完全著迷。幾種情慾模式在你們之間快速發展。你們之間的主從關係是模糊的，自己的身分在這樣的關係下隨時都要改變，你們性慾望所想要到達的境界也間接被提升了。

你很墮落吧，也許……。

你的公寓背光，有那麼一點陰沉，凱兒的到來卻讓屋子頓時充滿生氣。他滔滔不絕地想把身體內所有的份量都給你，你則收納著凱兒的所有一切，一點一滴地，如是一個虔誠的聽眾。

凱兒說，在他的記憶裡，他出生的地方也有那麼一點陰沉，與你們所居住的老舊公寓相仿。

稠密多雨且陰暗之處名叫雙溪，滿洩的潮濕氛圍隨處都是。那兒潮濕的氣息給他養分，他吸收著，直到有一年，他發現自己無可救藥地愛上畫畫，就逃離家鄉去習畫了。養分在北方，所有親人的偏見他不顧及，執意到韓國來學畫。

彷彿這段故事會讓他窒得喘不出氣。他都會深吸一口氣，每當提到這段過程。

你也深吸一口氣！這孩子滔滔不絕的話語，不時鏗鏘作響敲著你。對一個聽眾來說，你記憶裡難以忘懷且凹凸不平的部分，都驚醒似地隆起了。

當他雲淡風清滔滔地說著說著。他沒有發現在他均勻的說話段落之間，你別過頭擦去淚水。曾經緩緩漂遠的人事物，又緩緩漂了回來，不知所以然地。

這體軀強健，臉兒俊美如花的男孩，居然來自於雙溪。

那兒雖有著山巒青青，天空藍藍，火車不時駛過。但當雲漸漸收起，落下的是夜之卷軸，讓人屏息的只剩陰暗的氛圍。

雙溪，是一個陰暗之處！

你的人生啊！是那般無聊極的，厭倦的。凱兒的到來改變了一切，牽惹你多大憧憬。他成了你人生後半輩子最重要的人之一。

對你而言，城市與城市的流離之間，是一層搭著一層的鄉愁。故鄉是你們賴以維生的信仰，它牢不可破，所遇見的人也是。魂縈夢牽的人，他們記憶中的面目，不論經過多少城市的遷移，對你來說依舊觸手可及。

（二）

承教祖父教導你的民謠，也許消失了，也許變了調，卻能確確實實地填滿鄉愁的間隙

二〇〇五年冬季，凱兒第一次見到雪，滿是歡躍狂喜。接著，他懶洋洋地，整個身子躲在被窩裡哆嗦。

「咱們去旅行吧！就搭乘火車好嗎？在最暖和的夏季來臨之前？」窩裡的凱兒被你拉起。

這是個挺好的想法，你們的慵懶一定可以被說服，你沒有去過釜山，你體

內的血液不受寒冷的天氣影響也顯得異常興奮，充滿溫熱的激情。

接著你們花了三個日子埋首計畫，從首爾一路坐到釜山，凱兒想搭京釜線。三個日子之後，你突然想到什麼似的，「咱們坐火車去江陵市吧！那兒可是嶺東線的最後一站。」

江陵在首爾的東方，也許驅車前往還近些。它位於朝鮮半島中東部，以一條接彎彎曲曲的大關嶺，連結東韓半島與西韓半島，西邊則是白頭山。北韓把北半部改稱「江原北道」，而南韓稱為「江原南道」。

「從首爾搭火車前往江陵頗為複雜，先搭乘京釜線，一路經由天安到鳥致院。再轉乘慶北線到堤川。再轉乘太白線，經甑山到太白。最後接到嶺東線，從太白經東海，才到達江陵。」你把地圖攤開，在上頭指了指。

「該去那兒瞧瞧！江原道人可是純正的韓國人。」彷彿那幾段話醞釀很久，你不加思索地說出。

凱兒投以疑惑的眼神，你卻像個興奮的孩子不停地說著你的計畫，直到你們成行。

前往江陵市的鐵路之行是段漫長的過程，車廂裡的人們大多在小憩，偶爾有推著小車的服務生，以低調的語氣叫賣各種飲料和書報。因此火車與鐵軌摩擦的嘰嘎聲清晰極了，像是歌唱般規律，像兒時，承教祖父經常教你們的江原道民謠。

在心底低聲吟唱著，即便凱兒絲毫聽不見一絲音符。也許這民謠在江原道已然消失，也許這民謠變了調，但在那一刻，鄉愁的間隙確確實實被歌聲填滿了。

（二）

僅僅只是憑直覺前進的人生，像是孩子時代的鐵路旅程。那往前而行的火車也承載著夢想，運送數個車廂的人們到達目的地。喀啦，喀啦，那幾乎是滿車的夢想

「火車上的車窗是這樣的，從車內往外望，是一種小中見大，城市與城市之間的遷移，像是人生在每一個階段的流離。你是不是這樣覺得？」你說。

前往江陵市的鐵路之行，從城市到鄉村，再從鄉村到城市，景色以飛條之姿不斷地向後逃開。沒有當下把握眼前所看到的，景物就要離開視線，離開這個窗。沒有當下掌握，就和逝去的青春無異。歲月催人老，只能空留回憶……。

但往前而行的火車也承載著夢想，運送數個車廂的人們到達目的地。喀啦，喀啦，那幾乎是滿車的夢想。

休憩的小凱，瞇著眼看著窗外的景致，你看著他俊俏的臉蛋出了神。飛落他眼簾的是一畝畝的田地，像是你一畝畝的童年回憶。

「成年之後的韓國人沒有了悠閒，坐火車是為了到達某一個已定的目的地。而不是為了沿途的景物，也不是為了體驗什麼的……。有人跟你說過嗎？」那些工作上的煩愁像一節一節的鐵軌似地蔓延上你的脊椎骨，在你這麼說的同時。

小凱靜靜地玩味著窗外的景物，隨著火車外的景色不時地變化坐姿，沒有特別回應什麼。

「你會不會覺得，很多人透過各種方式找尋自己的根，想知道身上留著什麼樣的血液？自己從何而來？」你繼續說著。

山是面前，海挨在後，火車剛穿越無人月台。但往前的方向就是自己的根嗎？還是另一趟流離的旅程？

「所以很多人返回江原道？去尋自己的根？」小凱問著。

「我也看不清楚了，我是江原道人嗎？我的祖先來自於來朝鮮及中國吉林的交界處，世代都居住在山腳下，那山頭在朝鮮稱為白頭山，在中國則是長白山。後來輾轉遷移至南江原道，在上一個世紀初，曾祖父那一代，很早之前跟隨著金九時輾轉到中國了，金九時在當時是大韓民國臨時政府的領袖人物，與蔣介石有深切的情誼。我的父親後來娶了位中國的朝鮮族姑娘，我因此也在中國出生。後來發生國共內戰，父親和我隨著戰敗的國民政府輾轉來台。」呢喃聲帶著點卑微，你的聲音忽起忽落。

「你的血統真是複雜。」小凱的精神來了，那對睡意朦朧的雙眼突然炯炯有神。

「祖父曾說過，我們起源之處，有著鮮卑、高句麗、蒙古等各少數民族，在更早之前，家族與蒙古族還有著姻親關係，我身上也許還留著蒙古族的血液呢！但是這都是很久的事了。我記憶最深之處，應是台灣。」你說。

「談談你住過的台灣好嗎？」小凱說。

「我在北台灣的濕冷中長大，也在那兒受教育。但是我細狹的眼及削瘦的雙頰，渾然是韓國後裔的模樣，台灣小島上的人們總是把我當成韓國人看待。」你一把就攫住你的身世，清楚地說著。

「那很好！我喜歡韓國人！」小凱笑著道。

是啊！拜這幾年韓國與台灣之間的國際勢力消長，喜歡韓國文化的外國人似乎愈來愈多了。但是你對於未來僅僅是憑直覺前進，你沒有明確的血統。

僅僅只是憑直覺前進的人生，像是孩子時代的鐵路旅程。你那時還不叫鄭承教，你和真正的鄭承教總是在車廂內看著窗外的景物攪拌著、攪拌著，忽醒忽睡。到了某一個彼此默契相符的時刻，憑藉著直覺，你們不約而同地下了車，到一個完全未定名的車站。

孩子時期的調皮遊戲，久了竟也成了習慣。你的人生莫名地也憑藉著直覺前進啊！

（四）

你覺得你的命運就像是一種卑微的植物，無根、無花、無果、無葉、更沒有所謂的芬芳。如果有一處能夠包容你，包容任何不明的血統。那就是你找尋的根

流離的滋味！不同火車的速度、不同的停靠站、不同的人們帶著不同的目的上了火車，在不同的地點下了車。每一節車廂其實承載一段段故事、一段段流離，不僅僅是人本身而已。

流離存在於人與人的感情之間，人與人之間是不可能水乳相融的，你相信著，即便是互許承諾的戀人是如此。

國與國之間也是如此，即便是互許兄弟之邦的友邦。

「你相信互相支持照顧的兩個國家之間，也有可能叛離，就跟分手的戀人一樣。」你說著，凱兒默默聽著。

「就像一九八七年中韓斷交一樣，……即便是兄弟之邦，也不可能水乳交

融的。」那是你在孩子時代確確實實經歷過的一段黯色的歲月。

「小時候，曾聽父親提過中韓斷交的事，究竟是為了甚麼斷交？」小凱好奇地追問著。

「在八〇年代，許多努力，中國都做盡了，為的就是與南韓建立邦交，藉此孤立台灣。但中國與北韓是盟友。於是中國向北韓提出『幫我們打擊台灣吧，以防止臺灣分裂國土的行動』，這訴求緩緩地說服了北韓……。」你說。

「一九八五年時，南韓依舊窮，同時接受台灣及中國的資助。那年，議會大多數議員決定通過對中國的支持案，決定承認中國人民共和國是唯一的中國……。但事情是很複雜的，蔣介石不願意接受這個事實。透過駐韓的台灣大使不停地在韓國議會週遭溝通，也因此，南韓決定將斷交訊息延至一九八七年宣布……。」你接著說。

「後來呢？」小凱追問。

「一九八七年到了，台灣政府高層對於中韓斷交一事還是隻字不提。新任總統盧泰愚等不及了，就宣布與中共建交……。那一年很多對台灣有深厚情感的韓國人都落下淚來……。」你說。

你像是在傳達一種寒顫的音訊，小凱忍不住抿起嘴來聽著。

「一九八七年的台北及首爾街頭，瀰漫難以形容的悲傷氛圍。韓人憂傷，台灣人也憂傷。在台北街頭還留著汽油味、煙硝味，部分韓國人被迫撤離台灣，他們開設的餐館被潑上油漆，做為背叛的代價。」你說。

「真的發生了這樣的事情嗎？」小凱聽得出神，晃了晃頭。

兩人靜默了五分鐘多。

「那一年，我和我家人也是被迫撤離台灣的一群，我們以為從此沒有家了。但是後來又過了兩年，一九八九年，我的思維有些改變，連柏林圍牆都倒了，家又算得了什麼。」你就假裝自己是第三者，淡淡地說著。

接著又是一陣靜默。

「所以……你才會想要返回江原道，這裡是你想找尋的根？」小凱續問。

（五）

為了凱兒暖和的笑容，你盡可能地取悅他。但凱兒和童年時的你一樣蠻不在乎，只留下愁苦與躊躇的另外一人，把自己的心意壓抑下來。

凱兒的素描工法極好，他的畫筆如韓國傳統舞者跳著銅鈸舞一般，完整且有教養，有種清楚的節奏感在他的畫之間，在節奏中可以清楚看出他畫裡的純真，什麼樣邪怖的意念都要被征服了。

但他也可以隨意且倉促地做畫，像是韓國傳統劍舞，又快又好。還能清楚描繪他所想表達之物。

有時複雜得看不清楚面貌，像是韓國傳統的假面舞，帶著各式不同的面具，彷彿在諷刺些什麼，或是在顛覆些什麼。

罕見！這樣的能力。

但他放任他的課業荒蕪，倔強！不在意課業，不理會研究論文。

只要天氣許可，凱兒和你就外出寫生。

有那麼一回，你驅動著車駛往漢河的方向，穿過一座又一座的橋，凱兒突然示意要你在不知名之處停下車來。那兒是橋下的一個小徑。

「這兒是不是漢河的心臟？」他兀自地說著，似乎不等待你的答案或回應。

那時天色尚未下雨，卻有著和台北一樣的陰沉天氣，凱兒的炭筆畫下他所見到的一切。那黑白的畫冊上似乎都泛著陰沉的光線，落筆速度及輕重皆掌握得宜。

之後，當湖泊布滿陰沉光線時，你們畫畫。當雨季來臨之前，你們畫畫。當晴空萬里、風和日暖，你們則繼續在旅途上尋找陰沉。之後的你們，宛如兩個牧人般，在城市裡遷移。

凱兒和你藉由畫畫證明彼此之間的命脈相連。

當凱兒席座在地，將眼前的景物入畫時，你則是觀察凱兒的臉部表情，在陰沉的氣候之間，賒借些他的笑容，用炭筆速寫。你不曾告訴凱兒，很久之前，曾有個男孩同樣用炭筆速寫你的笑容，如同你現在對待凱兒一般。你們所做的，是盡一切可能留下情人的笑容。

太暖和了，凱兒的笑容是一股支持你的力量。

心都要融化了，特別是凱兒嘴角上揚的那一刻。

那笑容值得你無悔去保護，值得你放下一切。

你們彼此以畫畫作伴的習慣逐漸成熟，無分風雨晨昏，都盡可能地去追逐陰沉的氣候。

而你們忽略學校的行為也愈發不可收拾，凱兒的學業耽誤了，你的教課也耽誤了。

「我們是不是該停止這麼頻繁地外出寫生？」理智讓你這麼說著。

凱兒搖著頭輕笑。他視學校的壓力如鴻毛，也不曾為此煩惱，他總認為你會去處理這一切的問題。

事實上你無能為力，對一個年輕的美術教授而言。

你們生活上的片段種種，被記錄在凱兒量多質佳的畫作裡，面向之廣。他如流水一般的作品，只要有一點隙，那些情感就要四面八方竄進你心裡。那兒有著年輕之姿及純真，都在你心裡那座回憶的樂園。

在那回憶的樂園，有過一個男孩，為了你的酒窩及笑聲朗朗而取悅你，盡其所能地。

如同你盡可能地取悅凱兒，只為了博他一笑。但凱兒不在乎，和童年時的你一樣……。

（六）

凱兒從不是主流，他的魅力是上天賦予的。如同河畔影先生的作品一般，以黑與紅的對比，鮮明的色彩，在每一幅作品中注入自己的靈魂

因為凱兒和童年時的你一樣，因此他成了你不斷追憶的青春，有一點難以掌控、出界的危險。凱兒的心性天生就愛冒險，但卻教你永遠提心吊膽。也因此他身邊的朋友來來去去，對誰都不特別拒絕，也不特別深交。

在那麼多來來往往的友人當中，也許凱兒的身體是你的，可是他的心呢？似乎沒有一點點空隙，讓你無法一腳踩進。

那無法讓人一腳踩進的性格，如同你死去的性格一樣。曾經你也是那樣地對待一個人，即便那人真心真意地為你設想。但對於你而言，你和他的距離是如同星群與星群那般遙遠，你是一個自轉的球體，從不拒絕誰，但也從不與誰特別交心，你的世界是自己的，誰也踩不進來。

孩子時代，那個全心全意為你著想的男孩，為你那股異常的力量折服。而

凱兒也有股無名但異常強大的力量，是遠方的光紋也比不過的斑斕。

誰也突破不了，他的自信是堵牆，高高堆砌的。

如同他的論文一樣，你期待他從朴壽根、金煥基、李仲燮等畫家著手，那些價值及研究的深度均足，即便你給了他許多建議，但他卻打從心底決定要以河畔影先生為論文題目，即便論文題目可能得不到論文評鑑委員會的支持，也不易找到足夠的文獻。

他那堵自信的牆一旦確立了，就自顧自地忙碌起論文，在這之前，他終日過著醺然且頹唐的日子，對學業毫不在乎。

「河畔影先生的作品讓我目眩神迷，在每一幅作品都注入自己的靈魂，善用黑與紅的對比，其色彩極為鮮明……。」他經常這麼說。

你靜靜地觀察凱兒的劇變，突然覺得全身都要沸騰起來。你始終相信，在每一個層面上，凱兒才散發著濃郁的韓國人熱忱，那一鼓作氣的豪邁性格，鮮明到讓人陶醉。一點也不像其他台灣人那般謙遜知足。

但這也許是上天刻意給凱兒的禮物，他天生就有韓國人一股作氣的性格，經常藉由不斷地宣示加深自己對於夢想的執著，當他決定要成就某一件事情，就時時掛在嘴邊，他相信他的執著是他一生中最忠實的朋友，從不會背叛他，當他向世界提出夢想，週遭的一切都會群起呼應他。

也因此凱兒的性格格外讓人著迷，他的魅力是上天賦予的。

（七）

「你對我的方式，讓我見證了真正的愛情。原來，有感情是值得不顧一切去對待的。」這是凱兒最後向你道別的一句話了。

青春也有結束的一年，如果說凱兒是你縹緲如夢的青春的話。二〇〇七年，凱兒順利地通過了口試，畢業了。照片裡的他，一襲碩士服，不經世事的小臉卻有著難馴的英氣。你常常在想，凱兒天賦般的魅力是在他想完成一件事情時，無論他如何無理，全世界都會任他予取予求，過來幫他。那英氣無法言喻。

凱兒獨來獨往，沒有憂愁，以淡淡的語氣來描述他所看到的世界，而你卻為他獨特的英氣著迷。老實說，你一直以為凱兒不會放過你的，從第一眼見到凱兒開始，一直到凱兒離開，你的心思始終沒有離開過凱兒。

也許懾服於他的英氣，你隨凱兒起舞，失心瘋般地，和他一樣掉入河畔影先生的抽象意念裡，為此，所長經常找凱兒及你的麻煩，這樣的論文範疇對於學院來說的意義性還待商榷。

凱兒選擇跳出來抵抗，你則是沉默地在背後支持他，盡一切可能把凱兒留在身邊。

即使你使盡力氣留下凱兒，但是你知道他總有一天會離開你的。

你最後見到凱兒的那一刻，他笑著和你揮手，那一揮你就知道是一種恆久，代表凱兒確確實實要離開首爾了。他最後一刻的笑靨，和江陵市的鐵路之行那天無異，就好像列車咻咻咻衝出黑暗隧道，旋即進入陰雨中，一盞盞的燈炬把你和凱兒的臉兒映在玻璃窗上，忽明忽滅、恍恍惚惚……。

而你突然想起，那最後一刻的笑靨……到達江陵市之前最後一個隧道的笑靨，背景陰陰暗暗，是到達江陵市前的陰暗，也如同雙溪小鎮的陰暗。

即便是陰陰暗暗的氛圍，凱兒卻在離開你那天這麼說著：「你知道嗎？其實首爾是很溫暖的，特別對一個像我這樣離鄉背井到外地求學的孩子來說。而首爾最溫暖之處，是來自於你的臂膀。」

那幾段話語，把你埋藏在心中的情緒及眼淚全都迸了出來。會是宿命嗎？當你遇到一個可以不顧一切去對待的人，卻註定要與他分離。

「你對我的方式，讓我見證了真正的愛情。原來，有感情是值得不顧一切去對待的。」這是凱兒最後向你道別的一句話了。

你們約定好多年後在台北縣雙溪重逢，你們知道那兒的雨季很陰暗，沒有因為誰或誰短暫的離開而所停歇。

你始終沒有很明確地向凱兒說明，你從來就不是鄭承教，那從來就不是你的名字。那是一個兒時戀人的名字，為了保留你對他的記憶符號，你改名為鄭承教。

或者是說，你想藉由名字的更替，重新讓自己擁有一個身分，而避免這個兒時的戀人從記憶裡被抹去……。

一九八二年　台北

（八）

承教用他厚實的手掌拉著你，一起快步離開火車站，他隨時可以快步超過你，但基於某些原因，他只甘於守在你的後方，宛如一個堅定的騎士姿態。承教的友誼使你深信而不疑惑，那是值得不顧一切去對待的友誼。

有些不真實，承教與你迷濛的眼突然透進點微微的光。那清晨的日光陰陰地，濕濕涼涼地。

光！來自於披上白色霧衣的火車，嘰嘎嘰嘎地進了八堵，在停頓處發出最後一聲響。

八堵車站是一個破折號，不清楚是不是會沿著基隆河岸，經由暖暖、瑞芳，一路駛向東邊而去？還是經過松山之後，一路駛向南方？而你們並不在乎火車駛向東邊還是南邊，重點在於你們要先上車。

承教與你對於方向總是虛無。

承教與你會趁著站務人員不注意的時候，屏著氣息穿過月臺。那安靜的片刻也許承載著一些恐懼及秘密，但你們絲毫不以為意，承教與你在上車之後會編整收拾心情，好好細數路邊飛條而過的風景與人，期待著接下來的邂逅。

接下來的邂逅來自於不知方向及去處的火車，承教與你翻過的山脊無數，山洞也無數。你倆對於不清楚目的地的旅程感到興奮。也許你們倆的默契使然，在某一個不知名的站點，你們會相視而笑，點了點頭。承教與你在這方面很果斷，在火車戛然停止時，你們會一起完成決定，而且幾乎沒有差池。

你們混在人群中下車，承教負責看站名，你負責找出口。對於冒險的開端而言，那是完美無瑕的分工。

火車行冒了幾年險，一毛錢也沒有花費，唯一辛苦些的，只是乾澀的喉嚨及咕嚕作響的肚子，特別是某個乘客突然向月臺的販子買了便當餐盒及津津蘆筍汁。

有時突如其來的查票會讓你們緊繃起來。你們尚未在耳邊聽到喀嚓的剪票聲之前，你們會從容地穿過走道，突然拐彎進廁所，門外會閃起綠色的使用中。隱約聽見列車長走過的足音時，你特別會流汗，承教會為你擦去額上淋淋的汗水，五分鐘後，你們再從容地回到座位上。

承教躲避查票員的行為特別出色，總是清楚什麼時候該閃躲，什麼時候給你眼色，什麼時候引領你回到座位上。

他的眉宇之間有種無法言喻的氣力，帶給你絲毫不必擔憂的安穩。

有一回，你們不經意地在雙溪火車站下了車，那兒可是東北角的大站，連自強號都選擇停靠，班次也頻繁。這是你們隱默的契合之處，沒有多加思索，你們就在雙溪進行冒險旅程。

你們血液充滿著冒險的因子，尾隨在下車的人群後頭。肢體尾隨著，內心可全然不是這麼一回事。

人潮逐漸進入尾端時，你們會趁著無人注意，快速地遁下月臺，穿過鐵軌，以絕佳的姿態及速度來到剪票口後方，那兒一片花花綠綠，有個小小的坡堤及植栽，只要月臺上的工作人員稍不注意，就會有兩個小小的身子以同樣的起腿，同樣的速度，不帶任何影子地穿越那頭，隱沒在那一片花花綠綠之中。那可是承教與你的絕佳把戲。

雙溪火車站有著唯一的入口及出口，人們在這兒剪票及繳票，無關乎離開或進入。那入口可以直達雙溪小鎮最繁榮之處了，那兒對你們的誘引真是無窮之大。

依據承教與你的經驗，你們出了火車站之後會直直穿越過繁華的雙溪火車站週邊，以中華路與自強路的交叉口為起點，有時候則以南天宮為起點，你們會開始競跑，快步通過那兒，好讓兩人都能遠離美食的誘惑。那方向是你們嚮往之處，跑著跑著你們就更能接近曉風中的樹尖、山落的鳥鳴。

那樣的誘惑還有什麼值得說的！就是盡全力地跑著！

在不斷歧出的冒險故事中，你們逐漸愛上雙溪。你總是珍惜每一次承教拉著你快速逃離售票人員的片刻，你經常覺得自己享受一種共同犯罪的過程，你輕躍的步伐彷彿不具有任何重量似的。

承教用他厚實的手掌拉著你，一路上追逐著，你們的目標常是遍滿著野薑花的平林村。你始終不曾懷疑會跑輸承教，也不曾懷疑承教的腳程。他隨時可以快步超過你，那可是輕而易舉的事情，但他基於某些原因，只甘於守在你的後方，宛如一個堅定的騎士。

承教的友誼使你深信而不疑惑，那是值得不顧一切去對待的友誼。當你們穿過雙溪火車站嘈雜的人群，在抵達野薑花海中間的路途中，承教手掌裡的溫度說明了這一切。

在你們還是那麼年輕的時候，血液裡那韓國人一鼓作氣的性格就顯露無遺。

（九）

你畫畫嗎？如果有一個男孩子每個禮拜為你畫兩幅畫呢？他用神奇的畫筆，悄然記錄了你所有的童年時光，並且對你唯命是從，那是愛情嗎？

承教姓鄭，你特別喜歡看到他跺腳的生氣模樣，你可以輕易讓承教生氣或悲傷，只為了瞧見他焦急的模樣。你做得出任何可怖的事情，你也可以輕易地讓承教愉悅。

你擁有他情緒與表情的主導權。

一起搭火車的日子，從濕濕亮亮的清晨到燦爛分明的午後，你總會記住某一個片刻的景物，然後對著承教說，「承教哥，記住這景物吧！我們回去可以畫下來！」

他會點點頭，接著把你說的話一直放在耳畔流轉著。待到返家之後，認真地把景物從腦海中搬到畫作上。承教總會把你安插進畫裡，背景也許是四腳亭、猴硐、三貂嶺、福隆，或是某個小車站。他隨時隨地都可以把眼前的景物入畫，那般壯大的自信。

那僅僅是背景而已，你永遠是畫中的主角，總是風蓄滿髮茨，身著著短夾克在畫中。

承教的鉛筆可以描繪出全世界最生動的線條，當你愈是任性的時候，他的畫技愈是出色。你那任性的模樣，像陽光下，菊畦不斷開花般地燦爛。

你們可運用的空間可是一整個台灣的份量，也可以是全世界的份量，甚至大到整個宇宙。但也可以是小小的一個火車席座，被封閉的廁所，或是一個腦殼空間也行。你們已經打破了這世界不同的維度空間，你們只需練習探照這世界的本領就行了。

學校老師總會讚許承教的畫作，他的筆法成熟得讓人不敢相信出自於一名小學生之手。人們對於承教的驚呼，甚至造成了刻版印象，以為韓國小孩天生就有美術細胞。或隨手一揮，就是一幅可圈可點的素描。

有那麼一回，你非常莽撞地說著：「我要你手上的獎盃。」

承教毫不猶豫地遞給了你。

你把獎盃還給了他，搖了搖頭：「不！我要一個新的！」

承教失魂落魄了好一陣子，直到學校有了新的繪畫比賽，承教畫了兩幅作品，用了你們兩個的名字一同參賽。你那幾近模糊不踏實的苛求，承教卻一直放在心上，並且信誓旦旦地想達成它。

那一季的繪畫比賽，班上的成績是如此飛揚，同時獲得了冠軍及亞軍，那隨口提及的獎盃竟成了伸手可及的實體。承教把冠軍留給了你，那麼甘心的取了亞軍，他一如往昔無語的臉孔，瞧不出一絲怨言。

承教用了濃厚的色彩去描繪陰暗的天色，那顏色之濃烈，彷彿下了一百日的雨水也洗滌不去陰暗，那幅獲獎的畫作你依稀記得。

承教的早熟是毋庸置疑的，即便不定形的畫作都隱藏不了。

那也成了你的轉捩點，從那一座風光莫名的獎盃開始，之後你一度沉溺在獲獎的光采裡，你甚至從裡到外都說服自己是一位出色的天才畫家，後來這一切竟也成真。

也許是承教為你開了一道門，也許是你自己開的。那幾年的童年光景，你們在畫筆顏料中穿梭，並且逐漸壯大彼此。

承教向來規律，他不如你有著該死的惰性。你嫌他傻，但是承教規律的傻勁成就了許多事情。畫畫時的承教不帶著任何目的及緣由，他單純且規矩地畫著，一週就能畫完兩幅。

你那麼茫然且忙碌於繪畫的童年，多數在承教的保護中度過。他像星塵般無所不在地密布在你四周。任由你的任性及驕縱恣意非為，無論你如何過份，承教總是唯唯諾諾地遵循著。

其實你從來沒有想過有一天會跟承教說再見。他那雙大眼睛分明不像韓國人，從小就在台灣生長的他，回到韓國之後真能適應那兒的氣候及環境嗎？沒有承教的日子，沒有人給你畫畫了，你少了一個忠心耿耿的騎士，你那點兒任性的脾氣只好一點一點地藏起來。

成年之後的承教曾說，「台灣其實是很溫暖的，特別是對於一個北國的孩子。而你，是溫暖最好的證明呢！」

（十）

你有馴服過一個人嗎？讓他全然聽命於你？即便他壯碩的身材遠遠勝過你的瘦削，而你只是不斷地剝食他的自尊。馴服一個人也算是愛情嗎？

你和承教有時候突然地想起自己體內還流著韓國人的血液，逕自使用韓語，你們分不清楚說韓語的目的為何，也許是下意識聽著祖父所指示的，特別是你和承教想說些祕密時。

你們身邊的孩子們經常感到錯愕。但那不尋常的表情及口氣，經常惹來其他孩子的惱怒。你並不畏懼，而且慣於挑釁。你總是清楚地知道，不論多麼艱困的時間或所在，你如何惹得那些孩子大發雷霆，承教都會以他厚實的臂膀罩住你，你對此深信不已。

承教哥的強壯是無可比擬的，但是你是唯一能事事勝過他的人。和承教玩鞦韆或摔角的日子，他從來沒有勝過你……，他總是極度卑微地聽著你的指揮，他隨時都可以摺倒你，即便你也是知道的，但承教不會這麼做。這麼做就不是你的承教了。

有那麼一回，你說著幾句粗話，用著上揚的尾音，再佐以不尋常的表情手勢，兩個孩子確確實實被惹火了。他們兩兩相視，一擁而上。你為自己可以任意耍性子的奢侈行為而感到開心，卻不知道拳頭落在臉上的痛楚是如此深切，兩孩子如雨般的拳子兒不停落下，可惱的是你幾乎沒有能力反擊。

承教如往昔般挺身而出，他以熟稔的摔角技倆逐步摺倒兩個孩子。

即便承教從來不曾在摔角上贏過你，但與你之間是疼惜；與那兩個台灣孩子之間是攻擊。

承教的拳子兒又重又快，絲毫不對被撂倒在地的兩人放手，那些悲嚎聲不斷，從一點點的悲鳴逐漸到撕心裂肺的呼救，承教不時回望著你，似乎等待些什麼。但你已經默許自己的任性，沒有任何示意。

那兩孩子的眼淚及鼻涕爬著滿臉，你驚覺承教也是，他甚至哭得更兇。你卻鸞不在乎地唱著：「你們是江原道的孩子，天生就會鞦韆及摔角，比誰都要勇敢……。」

也許那民謠對承教來說是某種明確的意涵。直到兩個孩子臉上布滿著鮮血，你才不知所措地阻止了他。

成年之後你漸漸體會到，你不知不覺為承教豎立起了一道障礙，這障礙既深又硬，完全阻礙了承教社會化的可能性。你主導了承教的是非對錯，你的回應難以辨認，承教只能隨著你任性的主張而隨之起舞。

不論你如何操控著承教的情緒，他的情緒成了被壓扁的句點、彎折驚嘆號、欲言又止的頓號，那時期的你幾乎不在乎他的感受。

你只知道，來自於江原道的承教比誰都要勇敢，你是他這世上唯一的主子，他沒有緣由地必須一直守護著你，如同一個忠心不二的騎士。

（十一）

祖父以少量且模糊的話語，盡可能地為你及承教的心裡留下些祖國的幼苗。他的話語就像一粒種子播下去，在承教及你的心底下延伸，不知不覺成了你們對大韓民族的中心信仰。

你們對於韓國文化皆不熟，大部份的生活習慣及對韓國的印象都來自於長輩，承教祖父說你們血脈來自於江陵市。

那是位於江原道下轄的一個市，位於朝鮮半島中東部，一在南韓一在北韓，北韓把北半部改稱「江原北道」，而南韓稱為「江原南道」，由於地理位置特殊，疆界從古至今未曾變動。

「那是一個保存著韓國傳統之處，江原道人可是純正的韓國人。」祖父常掛在嘴巴說著。

承教和你特別愛聽祖父講故事，承教與你聽累了，就背對著背坐臥在彼此背上。你們很慵懶地聽著，他那年代的事兒像是被暖溶溶的春水托浮著一般。祖父說了四、五年，他以少量且模糊的話語，盡可能地為你及承教的心裡留下些祖國的幼苗。他的話語就像一粒種子播下去，在承教及你的心底下延伸，不知不覺成了你們對大韓民族的中心信仰。

在祖父在的那幾年之中，你們學會的韓國生字要比私塾及爸媽教導得來更多。

祖父也特別疼愛你們。他曾經手工做了一只鞦韆給你們，鞦韆的支架是兩條厚厚的白色麻繩，底部再捆上咖啡色的麻繩，鞦韆就成型了。你總是命令承教在後頭推你，讓你可以更接近天邊一些。承教則一成不變、癡癡憨憨地聽任著你擺布，像個沒有意見的小僕人。

祖父也教你們玩摔角（씨름），那是有點像蒙古摔角的運動，你們會畫出一道圓環，並在圓環之內比出勝負。祖父說摔角共分成四個量級，這四個量級剛好以韓國四座名山命名。這種摔角活動全世界只有韓國有，又只有江陵市保留得最完好。

祖父那老邁的身軀一直為腎病所苦，四、五年之後，你們賴以維生的故事也就沒了。你記得祖父病重的那個月份，祖父用他幾不成聲的語調囑咐承教的爸爸。

「無論如何都要讓承教回到故鄉。」話語是顫抖卻堅定。

你和承教還沒有意識到，從此之後與祖父便是天人永隔。祖父出殯那天，承教與你抱頭痛哭，一把鼻涕一把眼淚。

祖父離開的隔年，承教和你都非常想念祖父。

後來，植在承教與你內心中的幼苗逐漸茁壯了。沉默的承教居然暗中守護著祖父的諾言，最後返回了江陵市。

（十二）

江原道人的血液受到質疑，像是犯了罪一般，沒有人清楚他們是屬於韓國、朝鮮、還是中國，更何況是顛沛流離來到台灣的承教一家。承教與你才驚覺，在莫大的世界村裡，會不會你們根本沒有血統證明？

一九八五年，承教與你剛滿十五歲，那是懵懵懂懂的年紀。承教父親首次提及要返回江原道的念頭，祖父的話不停地引領著他，宛如宿命般。

一九八五年前後，在韓國內地的人開始去找尋他們離散的家人，而各地旅外的韓人也宛如遷徙的候鳥開始陸續返鄉，那樣的熱潮並沒有因為韓國的政治震盪而中止。

承教的父親和其他的江原道人在教會裡逐漸凝聚了鄉愁，他們對於江原道的渴望已經無以復加。在當時，江原道人的血液受到質疑，像是犯了罪一般，沒有人清楚他們是屬於韓國、朝鮮、還是中國，更何況是顛沛流離來到台灣的承教一家。江原道人在不同之處，忍受同一樣的鄉愁煎熬，難以脫身，像深陷在不同的墳。

一九八七年年底，南韓舉辦總統大選，承教家所支持的在野黨徹底落敗。執政黨勝選，新任總統盧泰愚隨即與中共建交，認為一個中國就是「中華人民共和國」。

一九八七年是個讓台灣人挫敗的一年，台灣人從原本所浸淫的安逸中甦醒過來，覺得孤單、覺得無援。對承教家而言也如是。

原本熱絡不已的同學突然冷漠起來，你們被推進一個不被認同更暗沉的角落。處境彷若在風中抖動的凋零花瓣。

承教與你才驚覺，在莫大的世界村裡，會不會你們根本沒有血統證明？

當駐韓國大使緊急撤回台灣那陣子，台灣人的不知所措轉為憤怒。部分韓國餐館幾近漆黑，即便如此，憤怒的人們還是闖了進來，砸毀店裡所有的一切。學校也不再是習以為常的模樣，甚至變得難以辨認，老師緊急來電，要求承教與你不要到學校上課。

而真正的關鍵點是在一九九〇年的夏天的某一天。那天晴朗明亮，承教與你在溪邊戲水，是兩條沒有拘束的海豚，以美麗的姿態泅泳著。

從溪流的深處而來，有一股力量。絆住了你的右腳踝，你試著掙扎，但那力量深不可測，你漸漸沒入水中。在心底暗自喊著承教的名字，卻無法喊出聲。

那力量彷彿鐵了心，沒有任何轉圜的餘地。你慌張地張手舞腳，卻是一點作用也沒有。愈往水面上逃，那手勁卻抓得更緊。你在溪水中，眼線逐漸迷茫，經不住地吃水，你的體位彷彿被四周的水平分了，一會兒是橫的，一會兒是縱的。

不一會兒，承教悄悄地來了，像是回應你在那十幾秒鐘密切的呼喚。他縱身入水，以豚般姿態泳至你的身旁，你突然感覺失去重力的身軀有了支力，承教把吃水的你扛到溪邊。

你虛弱地躺臥在溪旁，看著承教是如此的憤怒，他的淚水爬滿了臉頰。他厚重的拳頭痛擊比他高一個頭的少年，他的拳頭落在那男孩臉上的時間漸漸長了，直到那男孩也淚流滿面。

（十三）

因為無法再遇見承教，你把名字改為承教，承教便可永遠忠實於你

那次的溺水事件並沒有如羽毛般輕且被遺忘。

鄰居們會在家以外一米處，以沉默遙望著你們。那種沉默可怖極了，恐怕連葉子落地之聲都清晰可聞。

而鄰居對承教家與你家憤怒，也與日劇增。直到那一日村民們率眾痛擊了你的父親，直到你們再也沒有能耐待在這個村子。

你們離開的那年，離承教家離開台灣並沒有太久。

孩子時的你常在想，如果早知道一定要離開台灣，為何不早早些離開呢？那些日子的煎熬、責備似乎都白受了。

你們像是棄子，沒有家鄉，所以四海為家。

也許人們覺得你們似乎沒有根，可是成年之後的你倒覺得，你的幅員遼闊，四處皆是你的家。

你從沒有想到，在當時你急於離開的雙溪小鎮，那幾段讓你顫抖不已的回憶，那個名為承教的小戀人，他觸撫你肌膚的細膩，和他那顆不顧一切保護你的決心，在往後幾年成了你不斷追尋的記憶。

你的記憶隨著年紀的增長，總要承載再多一些。像是運載著煤礦的列車，一車又一車的回憶，喀啦、喀啦過站不停。

也因為喀啦、喀啦過站不停，你沒有太多的選擇，只能往前看。偶爾承載著回憶的列車，遇上幾個轉彎，有幾個煤塊不慎掉落，那些掉落的煤就無條件失去了如同回憶。

乘滿回憶的列車，因為沒有購買車票，也不能得知去處，即使得知了，也無法確定自己會在哪一站下車。唯一的默契，是你和承教眼神互換那一刻，也許你們會在某一站下車，也許那一站有著布滿野薑花的平林村。

失去了唯一的默契之後，你返回首爾，就一直致力於找到承教。因為無法再遇見承教，你把名字改為承教，承教便可永遠忠實於你。

吉仔與金仔

那些塵封的記憶

這幾年你偶爾驅車南下，經過甫開張沒多久的清水休息站。清水的風與往昔無異，那種來自海上的勁急，彷彿要把人吹垮。你去過那裡幾次，看著來來往往的車輛在此暫時停歇，你沒有想到有一天自己出生的鄉鎮竟然也蓋了休息站，而且照顧不少中年失業的鎮民。你經常在這裡遠眺大甲溪出海口的美景，入夜之後夜景格外迷人。

如果時間不那麼緊迫，你從清水休息站出來之後會刻意下清水交流道，沿著熟稔的路線找到你和金仔一同出生的頂湳里，再找到那一池溪水。那溪水已經空了，也沒有婦人在那兒洗滌衣物，乾涸的溪床上沒有搖曳的月影，只遺留殘冷的石塊。

你總記得那一年夏夜，溪水的沁涼吸引著你們，你和金仔傍晚七點不到就穿著內褲一路奔跑，沿路經過大伯、三伯、二伯的家，穿過半斜的水泥小路，以極限的速度衝刺到溪邊，擬彷奧運跳水選手的姿勢，縱身一躍。對你和金仔來說，你們習慣赤裸著身子在溪邊洗澡，在那月色搖曳的水影當中，你們擁有的不過是童稚、純真。

那些塵封的記憶，經常會在你走訪頂湳里之後想起來，而且之後你陸續夢見金仔，夢見那池清澈的溪水。你無法忘記金仔那時候縱身的角度、那時候落水的姿態、那時候溫暖的晚風、那時候沁涼的溪水，那些記憶像一顆顆鮮嫩香脆的果實，嚐在嘴裡至少就會讓你忘卻成年之後腐敗不堪的社會價值。

你常莫名地夢見金仔，像是每日閱讀早報、收發電子郵件那樣規律地夢見金仔。

人們總是輕易地相信現實比夢境更為真確，但對於你來說，夢境卻給你無限的希望及滿足。夢醒之後你被推離孩提那個單純而簡單的世界，總是背負著巨大的矛盾及衝突醒來。

有時你寧可希望自己不要醒過來。

老舊、發酸的中古黃色書包

有一個夢境是關於那只老舊、發酸的中古黃色書包。醒來之後你反覆回想，你和金仔開始熱絡起來，說不定要歸功於那個中古的黃色書包。

夢境所呈現的時空是在你小學一年級入學前一天，背景是一整片鵝黃色。你似乎滿心期待這個書包能夠帶給你優越感，它應該要滿載著榮耀的。

夢境一開始就出現隔壁阿狗嬸的模樣，在她吆喝之下，幾個小學生一起簇擁著擠到你家門前，而你紅著臉走出來，抬起頭對著阿狗嬸笑。

「來看看，吉仔明天就要上一年級了……吉仔！把你的新書包背出來。」阿狗嬸這麼說著。

金仔看你一副矯情做作的模樣，立刻衝過來一陣劈擊，接著兩人就滾倒在地。幾個孩子在一旁鼓吹叫好，幾番攻城掠地之後，你礙著書包可能會弄髒，只得任由金仔擺佈，最後金仔狠狠地踩在你的身上，一個小二的孩子在地板上大拍三下，表示你已經輸了。金仔才放開雙腳，舉起雙臂比出勝利姿勢。那是你莫名奇妙的童年，成天就是玩著電視上學來的摔角遊戲。

不知道是阿狗嬸跑去告狀，還是觀戰的小孩聲音太大。夢境中老媽怒氣沖沖地衝了出來，擰著你的耳朵回家。你最後還因為弄髒了書包被老媽痛扁一頓。

那個鵝黃色、引頸期盼的小學生活就要開始的前一晚，你不顧老媽的修理，硬是揹著書包睡覺。也不知道哪來的猜疑，快要成為小學一年級生的你只是反覆著一個念頭——天曉得金仔那混蛋會不會半夜闖進來幹走它。

那年頭，同學之間互相比較的，全是書包上的行頭。在夢境中你並不那麼在意被老媽跟金仔痛扁，因為這還不是最慘的事，最慘的事是在你到了學校之後，才發現……

「這是舊的！沒有人的書包是黃色的。」你不禁訥訥地翹課回家，跟老媽吵著要一個上頭印有鐵雄的書包。

你在夢境醒來之後，反覆思索該如何記住心裡複雜的情緒，然後再也無法克制想見到金仔的念頭。

你記得當時要在摔角比賽中打贏金仔真的非常困難，自小你就有這樣的體認。金仔家裡是頂湳里少數有錄放影機的家庭，金仔從日本回來的姑姑帶回了許多豬木、馬場的摔角錄影帶，金仔盡看著電視學了一些華麗的姿勢。

你常想，那年頭貧乏的物質條件，讓一只中古的黃色書包也顯得奢侈起來。也許解夢者會說書包是你追求知識的象徵也說不定。

也許是你思念金仔的象徵也說不定。

六人接力賽跑

有一個夢境是關於三田國小的六人接力賽跑，在這個夢境出現之前，你已經連續做了好幾晚的夢，只要關上床頭燈、拉上被單沒有多久，就夢見與金仔大玩摔角比賽，朦朧之中你似乎不曾贏過金仔，即使用了下三濫的作弊技巧。

在夢境中你意識到，第一次有機會扳回一城，應該是在那一場運動會上吧。

六人接力賽跑是三田國小多年來的傳統，參賽隊伍由每天排路隊回家的鄰里小隊組成，第一棒由小學一年級的學生擔任，最後一棒則是小學六年級。你升上小一那年，根據金仔的非官方說法，頂湳里隊至少已經連輸了六屆。為什麼是非官方說法？因為最久遠的資訊就是來自小六的高年級生，然而在高年級生入學之前，到底已經輸了幾屆，實在不可考。

金仔在夢境裡四處鼓吹你落跑的速度有多快，特別是每次他準備對你使出摔角終極招式「炸彈摔」時，你逃跑的速度完全不輸給飛躍的羚羊。在夢境裡你還反脣相識地虧了金仔，在大家面前批評「金仔那小子根本是豎仔」、「跟大塊頭馬場一樣蠢」等等自認為尖酸刻薄的話。

在金仔的宣傳之下，你被公認為頂湳里最有潛力的新星。也是根據非官方消息，目前小二的金仔在去年也同樣被寄予厚望，不過那一年頂湳里依舊捧走了最後一名，絲毫沒有打算讓賢。

既然已經擬定了作戰計畫，一群人就圍在你身邊，耐心地向你解說比賽規則及跑步的方式——不外乎就是如何把棒子交給第二棒，而第二棒在接棒之前會先起跑等等，你認為簡單到無可救藥的戰略。

大概是為了激發你的戰鬥力，夢境中金仔還胡謅接力賽的冠軍隊伍會有獎品，好像是一人一個鉛筆盒。那時你還相當認真地問他，鉛筆盒上是不是印了鐵雄。

金仔把你擔任第一棒的新聞爆料給你的爸媽、大伯、二伯、三伯、阿狗嬸知道，直到全村的人都知道此事，都說一定要到現場給吉仔加油。你回想那時候的盛況，完全不輸給村民爭相收看中華棒球隊迎戰日本隊實況轉播時的熱烈，而且有過之而無不及。每當金仔這麼讚許你時，你都會把握機會再表演一次快腿。

比賽當天大夥兒都異常緊張，老爸、老媽、大伯、二伯、三伯、阿狗嬸等都來參觀運動會了。

你被安排在起跑線上，而金仔就在前方的第二棒位置，金仔卡位的技巧不錯，你可以很順利地傳棒子給他。而啦啦隊席也是陣容堅強，阿狗嬸雖然沒有媲美年輕啦啦隊的青春活力，但是她的大嗓門也實在夠搶眼了。在大會講台上，教務室的老師拿了一個神祕包裹給校長，而你深信那就是印有鐵雄的鉛筆盒，因此忍不住笑了起來。

一切準備就緒，只欠東風，你屏息以待。就在體育組長鳴槍的那一刻，你唯一有機會扳回一城的機會竟然失去了。

不曾聽過槍聲的你呆在原地，其他鄰里的一年級生發瘋似地向前衝，夢境中阿狗嬸在啦啦隊席吶喊著要你快跑，錯愕的金仔被擠到操場最外圍的跑道上，而你還搞不清楚發生什麼事。

夢境裡的你感到異常焦慮，也許那一刻真是你人生七年來所遭遇到最大的危機，彷若你成年之後每次遇到的命運抉擇一樣。夢境中的你只想趕緊衝刺，好趕上前面的一年級選手，誰知道步伐凌亂，一開跑就摔得狗吃屎。

夢境在很詼諧的氛圍之下結束。事後校長追加頒發了一個勇氣獎，鼓勵摔倒但是堅持跑完全程的一年級小朋友。你被金仔拉上講台去領獎，你踉踉蹌蹌地上了台，在講台上羞憤與悔恨交加地又哭又鬧，而獎品竟然真的是鐵雄鉛筆盒。

你在醒來之後，也不顧上班時間已經逼近，四處翻箱倒櫃找著那個鐵雄鉛筆盒，卻遍尋不著。那些夢醒之後遺留的景象就這樣在腦海中盪了起來，你來不及把棒子交給金仔，來不及交給金仔……。

蔣經國逝世

你做這個夢的那晚，看了整晚的政論談話節目，想著也許會在夢裡遇見金仔也說不定。

夢中你回到小學三年級，那年蔣經國逝世，電視節目為了哀弔蔣經國，全部變成黑白畫面，就如你的黑白夢境一般。不論轉到哪一台都反覆歌頌著偉大的十大建設及蔣經國的親民愛物。你和金仔只好改看那些看了不下數十次的摔角錄影帶。

得知蔣經國逝世消息的那天，阿狗嬸從田裡急急忙忙趕回來，立刻衝進金仔家並把摔角錄影畫面關掉，盯著黑白畫面的電視猛瞧，還一邊嚷著：「這國家完了……這國家完了。」

夢境裡的你和金仔，本來沒有那麼惶恐，但是看了阿狗嬸如此兵荒馬亂的姿態，也覺得事態嚴重，嚷著要立刻成立緊急應變小組，商討解決之道。金仔認為訓導主任不但會抽問大家有沒有看電視新聞，還會抽問十大建設是哪十大，而且一定找你們兩人抽問。這麼說起來，你和金仔就開始抱怨起蔣經國了，沒事弄個十大建設幹嘛！害你們怎麼背都背不起來。

「體育老師一定會哭著去上課。」後來你和金仔下此結論，這位從大陸來的體育老師，每次提到敬愛的蔣經國總統都眼眶泛紅。

隔天的體育課，你和金仔兩班合併上課。為了讓你和金仔的眼眶看起來濕潤些，一副流過幾滴淚的樣子，讓體育老師認為你們兩個跟他是同一掛的，你和金仔決定互摑巴掌。一開始你們只是互相輕觸臉頰，但是金仔顯然心懷不軌，摑巴掌的力道愈來愈大，最後演變成兩人滾在地上互毆，金仔又用他擅長的摔角伎倆將你制伏，到最後兩人帶著通紅的雙頰一起哭著去上課。

在夢境中，如你們所預期的，體育老師拖著疲憊的四肢晃呀晃的，紅著眼來上課，但是你們也失算了，只有你、金仔、老師三個人是紅著眼。班長還憂心忡忡跑來關心，以為你和金仔忘了帶便當或是沒寫功課之類的。

那天體育老師無心上課，談著他如何從大陸隨著國民政府來台，如何度過艱苦的日子，並且感嘆現在小孩的生活都太幸福了，哪能跟他小時候相比擬，夢境中老師還在課堂上問了小朋友幾個問題。

「過年的時候，爸媽有給你們買新衣新鞋嗎？有的舉手。」體育老師這麼問時，班上約有二十個同學舉手，你赫然發現金仔也舉了手。你後來回想起來，在你們那個小村莊，其實金仔的家境真的算是富裕的。

「我們小時候連東西都沒得吃，更別說有白米和雞蛋了。小朋友，你們有人不敢吃雞蛋的嗎？有的舉手。」體育老師又問了，這次舉手的同學只剩下約十位，你赫然發現金仔還是舉了手。你心想，天殺的，金仔家就是開養雞場的嘛！怎麼可能不敢吃雞蛋？那混球竟敢給你裝高貴。

「有沒有小朋友跟爸媽坐飛機，出國旅遊過的？」體育老師又問了。你記得當初的念頭十分單純，就是不能再讓金仔出風頭了，那小子實在心懷不軌，於是你以迅雷不及掩耳的速度舉了手。

誰知道金仔這回乖了，竟然沒有舉手，除了你之外也沒有其他同學舉手，全班同學都把頭轉過來看著你，夢境中的你好糗好糗。

於是體育老師看著你，要你站起來談談曾經去過哪些國家旅遊。你腦中一片空白，便隨口胡謅了「台北」兩個字。不知怎地，話才一出口，全班同學竟然哄笑成一堆。

後來，你在夢境中反覆懊惱著：「課本上並沒有說台北不是另一個國家啊，老師也沒教啊！為什麼蔣經國要隨便逝世？十大建設也沒有抽背，害我白背了一天……。」

那個黑白畫面的夢境醒來之後，你對現實生活中的彩色感到刺眼，而那些整晚播放的政論談話節目也跟往昔一樣持續著。

金仔恐怕很難體會，有一天台灣會同時存在著這麼多的媒體。你處於一個媒體最多的年代，卻也是謊言最多的年代。

那天你格外想念金仔，初醒之後的臉頰上，仿若還留著金仔摑巴掌的力道。

三槍牌內衣

那個晚上你同時夢見了金仔和那個高高帥帥的男老師。夢境的時空是在小學三年級那年，你班上來了一個新的級任老師，是個男老師，高高帥帥的，據說才三十出頭的年紀。新的級任老師來了之後，平時備受寵愛的體育老師頓時失寵，許多女老師不再請他幫搬桌椅之類的忙了，都請新的級任老師幫忙。

夢境中的你還是一樣愛跟金仔競爭，那時的你認為這是個修理金仔的大好機會，可以挫挫金仔的銳氣，金仔班上那位從大陸來的老師，只怕牙齒都不剩幾排了，怎能與新老師相提並論。

男老師來上課的第一天，他的牛仔褲在膝蓋上破了一個大洞，讓健美的膝蓋露了出來。你和金仔本來以為新老師的家境不好，所以買不起新褲子，但是後來才發現那是一種流行。

那年王傑也在牛仔褲上挖了一個大洞，騎在越野機車上唱著「一場遊戲一場夢」。你和金仔在電視上看到王傑出現時簡直都要尖叫，那年頭你跟金仔剛認識「偶像」這兩個字的意思，直覺非得找一個人來崇拜一下不可。命運幫你安排了一個新的級任老師，又跟王傑一樣愛在牛仔褲上剪洞，你於是鼓吹金仔一起把新老師當成你們的偶像。

夢境中金仔原本抵死不從，但是在見識了新老師的球技之後，也佩服得五體投地。新老師的躲避球打得極好，擲出的球都充滿著剿殺之氣，那氣勢絲毫不輸給日本摔角選手。

夢境中新老師打躲避球的英姿就如同他的牛仔褲一樣直率不羈，他單手擲球的力道很強，只要他瞄準的目標是男生，就幾乎沒有人可以接得起球來。原本金仔還打死不相信你的說法，但是有一次他親眼目睹新老師打球的英姿之後，金仔也說沒有把握可以接得下球。

但若場上只剩下女孩子，老師就會用雙手丟球，那姿勢挺像女孩子投籃，大概是怕丟疼了班上的女同學。

新老師來自台北，就是那個你曾經誤以為是另一個國家的台北，他帶來了新的思維。他經常去校長室拜訪校長，要學校力行「愛的教育」，你和金仔不知道那代表啥意思，但知道若實施「愛的教育」之後，老師就不能用藤條打人了，也不能罰小朋友青蛙跳，連到走廊上提水桶罰站也不可以。

新老師值得讓人歌頌的創舉還包括星期六的便服日。在夢境裡，新老師經常和校長密商，而且常把「便服」兩個字掛在嘴邊。「便服」這個名詞出現之後，你和金仔有過熱烈討論，金仔說這是一種新的學校制服，可能費用比現在的制服還「便」宜，所以稱之為「便服」。你反駁金仔，認為「便」發音為ㄅㄧㄢˋ，而不是ㄆㄧㄢˊ，大概是跟大便有關的東西吧！

在夢境裡，三田國小果然在星期六推出了便服日，當天所有小朋友都不用穿學校制服來上課，你和金仔也終於了解「便服」是指平常所穿的衣服。

學校開放便服日的前一晚，你和金仔煞有其事各自回家準備，而你早有耳聞金仔的媽媽買了一套小朋友的警察制服給他。你回家翻箱倒櫃，唯一能夠穿的衣服還不就是那幾件印有三把槍的內衣，你也吵著要媽媽給你買套與金仔一模一樣的警察制服，而阿母總是這樣回答你：「這衣服這麼寬鬆又舒服，又貼身又透氣，買什麼新衣服？穿這個去學校就好了啦！」

為了與金仔相抗衡，你只好把褲子也學老師一樣挖幾個洞。

當年你不明白的事情太多了，在夢境中，你又出糗了。其他同學都穿著嶄新的便服到學校，金仔譏笑你穿著三槍牌內衣來上課，還配上一條破卡其褲，其他同學也在一旁鼓譟，當天你又和金仔打架。

接著夢境中的氛圍轉為暗灰色。你聽見新級任老師向其他老師提起，我們班上竟然有同學穿著內衣來上課……，畫面至此，你不由自主地醒了過來。

從台北來的老師並不清楚三槍牌內衣是你當時唯一的衣服，不論冬天或夏天都是。那個年代，即使還是個孩子的你，也深信著總有一天政府會改善所有人的經濟狀況。

你以為在你被譏笑的那年以後，貧富差距已經不可能繼續擴大，但是這幾年許多人失業了，治安敗壞、兒童照護與老人安養等問題一一浮現。

你又想起金仔，可是視線卻愈來愈模糊了。

那些胡混隨便的日子

每當你對成人世界感到沮喪，而想胡混隨便地過日子的時候，閉上眼睛總會遇見金仔，他仍一如往昔維持孩子的模樣，和你一起穿越數十年的時光。

你的人生總是胡混慣了。在夢境裡，你和金仔的小學生活也總是胡混隨便而過，但所謂的胡混，其實是遵循固定的流程，而且一點也不含糊。

你們每天早上固定跟著頂湳里的路隊到學校上課，如果當天你和金仔要上體育課，你們兩人會同時忘記這件事，而且穿著制服去學校；如果當天沒有體育課，你們兩人也會同時忘記這件事，而且穿著體育服去學校。

一天當中最快樂的時刻是下課及放學，最不快樂的時刻是老師請班長收作業。老師收了作業之後，你會被喚到講台前，老師要你把手伸上來，罰幾下藤條，懲罰你作業做得不確實。到了放學時間，你們一樣跟著頂湳里的路隊回家，但是你們串通好六年級的小路隊長，半途就溜走了，開始享受解放的自由。

你們經常會陷入一些痛苦的決定之中，比起成年之後的政黨選擇還要痛苦。其實你們的選項並不多，大抵上就是那幾個活動：到附近的廟前廣場練習新的摔角招式、到金仔家的養雞場門口練習打陀螺、到收割好的稻田裡練習騎馬打仗、到附近的小溪練習狗爬式泳技、到阿狗嬸的番薯田裡偷番薯、到金仔家裡看摔角錄影帶或太空超人、到附近的山邊撿拾火車掉落下來的木炭再賣給附近的雜貨店……。這些活動會隨著季節的遞嬗而有所更替，順序也會因為每天的心情而有所不同。

一直荒唐到下午五點，也就是天邊出現魚肚白時，你和金仔其中一人會突然想起是不是忘記了什麼要緊的事，然後再急忙趕回家，正襟危坐在書桌前開始寫當天的作業。到了六點，父母催著你吃飯，作業也得草草了事，反正隔天討頓藤條就好了。

到了八點，匆促洗完澡之後，你和金仔會立刻趕赴附近的廟，幾個頂湳里路隊的孩子也都會在那裡，你們趁著廟前的燈還沒熄滅之前，削著手邊的陀螺，忙著學習一些蹩腳的魔術，或是用不全的五音哼著成人的國語流行歌，諸如「明天會更好」、「台北的天空」之類的。

約九點左右，你老媽會帶著三角衣架及一臉怒容而來，一副黑道尋仇的樣子，金仔和其他孩子一哄而散，你會被擰著耳朵回家。

你會被要求在九點半之前上床睡覺，但你會到十點半才真正睡著，你總要用一個小時的時間在床上溫習跟同學借來的小叮噹漫畫。

隔天早上你一樣會被擰著耳朵起床。

每次在夢境中經歷被擰著耳朵的痛楚之後，你都會不自覺地醒過來。以前你總覺得生活不過就是如此，在固定的時間及空間過著胡混隨便的日子，孩子時候如此，成年之後也如此。

但是全球化之後你變成了四處飄浮的游牧民族，有時在德國，有時在美西，你在不固定的時間及空間裡過著胡混隨便的日子，那些異國文化及認同標準來來去去，那些適應及思維也來來去去。有時你會覺得唯一想要保留住、不想讓它來來去去的，恐怕是這些僅存的夢境，僅存的金仔。

唯一的一張獎狀

你有一張學業成績第一名的獎狀，原本一直被鎖在客房的抽屜裡，跟一些舊照片及風景明信片混雜在一起，很多年之後你也忘了這事。在一次大掃除中，你翻開了抽屜，意外看見那張獎狀的一角露了出來，你把獎狀抽了出來細細地檢視，獎狀其實已經有些受潮了，變得泛黃且捲曲。

那是小學四年級的事了，那一年你拿到班上的第一名，你第一次在名目上戰勝了金仔。你是喜歡這張獎狀的，重新找到它的那晚，你又夢見了金仔⋯⋯。

在夢境裡，你和金仔一如往昔過著胡混隨便的日子，你們彼此競爭，從短跑、躲避球、摔角，到蒐集雜貨店零售的科學小飛俠玩具。對孩子的你來說，金仔似乎是一個崇高的目標，他高你一個年級，高你一個個頭，比你更會擲躲避球，比你更懂得電視上的華麗摔角姿勢。金仔是一處湧泉，他是你乾涸的生命所極力追求的目標，金仔的任何一切都是你模仿的對象。

夢境的畫面轉到鎮上的建國書局，那是鎮上最大的書店。你和金仔在書店門口挑選著光鮮亮麗的明星照片，絕大多數都是王傑，金仔會把照片貼在書包上或是教室桌子的抽屜裡，能多貼幾張王傑的照片可是拉風得緊。不過那天你們發現了新的玩意兒，書店老闆在今天進了一整套名為《十萬個為什麼？》的書籍，你和金仔等不及書店老闆把書放到架上，就迫不急待上前去翻閱了起來。

書裡蒐錄了一些單則的問答題，諸如「斑馬身上的條紋有什麼作用？」、「血為什麼是紅色的？」你和金仔覺得這套書簡直妙極了，就賴在書店裡翻閱了許久，並且各自擬好說詞，打算返家之後一定要說服爸媽買下整套書籍。

在夢境裡你和金仔都執著要將這套書買回家，而且都認為這套書該屬於自己，重要的關鍵是——建國書局只進了這一套，怎麼可以讓金仔買走，而你沒有？

那股強烈的期盼一直在夢境裡反覆出現。你和金仔對於《十萬個為什麼？》的渴望已經漲滿，你返家後禁不住內心的澎湃，開始向母親滔滔不絕地說著這套書籍的好，諸如：「老師希望同學多看課外讀物」、「這套書可以滿足小朋友的好奇心」、「這是給小朋友看的百科全書」、「老師說科學愈來愈重要了，這套書裡有豐富的宇宙及自然知識」、「只剩一套了，恐怕會被金仔買走」等等。

阿母看著你殷殷期盼的眼神，只悠悠地說：「就讓金仔買，你借來看就好。」

「阿母，不行啦，金仔不會借我啦！而且我暑假要寫課外讀書心得。」你說。

「你考試都考最後幾名，也不信你買了真的會看。」母親幾乎無動於衷。

「阿母，你買給我，我就會認真讀書。」你說。

「你如果會讀書，早就讀了，也不用等到買這套書。」母親還是無動於衷。

「阿母，我真的會認真讀書。」你說。

你就這樣鄭重地說明這套書對你人生的重要性，但不論怎麼說，母親似乎早已識破了你背後動機不過是「不想輸給金仔」罷了。但是在你苦苦央求之下，母親終於說：「如果你考了全班第一名，我就叫你阿爸買給你。」

「那如果書已經被金仔買走了該怎麼辦？」你緊張地問道。

「那請阿爸買一台你一直很想要的捷安特給你。」母親說。

至此你就忘記了《十萬個為什麼？》，開始沉溺在捷安特的美好幻想裡。小鎮上並沒有單車專賣店，僅有附近修補摩托車輪胎的小店，店裡除了那一台全新的捷安特單車之外，偶爾也販售幾台中古腳踏車，因此全新的捷安特早就是你夢寐以求的禮物了。

你開始著迷的、失了神似地讀起書來了。

準備考試的日子裡，你對金仔的種種行為彷彿視若無睹，你只是專心讀書，摔角、騎馬打仗、打陀螺那些以前認為天大的重要事情，似乎都無關緊要了。

夢境的背景轉變成小學四年級的期末考後，你手上拿著四張考卷，除了數學九十七分之外，另外三張都批上了大大的一百分紅色字樣，三百九十七分的總分連你自己也感到不可思議。老師在統計分數之後，相當驚訝你竟然考了全班最高的分數，沒有多久，他就從驚訝轉為質疑，並且取走你的考卷，在講堂上細細地端詳。

班上同學趁機起鬨，你第一次嚐到備受矚目的滋味。

對於平時連課堂習作都不寫的你，老師實在很難說服自己相信眼前的事實，他推想你大概是用了什麼奇異的作弊方法。不過後來詢問同年級的其他班導師之後，他似乎不得不相信眼前的事實了，因為你的成績不僅是班上最高，在所有同年級的孩子裡也是最高的。

那是你人生中第一次考了第一名（成年之後的你，就與第一名這個名詞絕緣了），當時你第一次強烈覺得自己已經確確實實戰勝了金仔，就像是推翻了君主制度一樣，金仔的時代已經過去，已經結束了。

你把獎狀捧回家之後，不但在金仔面前晃了好幾次，也讓老媽雀躍不已。於是你就滿心期待著捷安特腳踏車的到來。

不過就在你和父親一同前往附近那家輪胎店時，才發現全新的捷安特早已經被買走了，只有幾台老舊的腳踏車聊勝於無地擺在店門口，父親付錢買下了其中一台。

你始終還是沒有贏過金仔。金仔的老爸買給他捷安特腳踏車的那天，夢境裡的天氣出奇地好，陽光豔豔，在金仔的腳踏車上反射出奇異的光芒。你曾經在腦海中模擬各種騎車的姿勢以及炫耀的方式，此時似乎都成了空想。

夢境又回到建國書局，那一整套的《十萬個為什麼？》，那套你和金仔認為意義非凡的書，一直被擱在書架上，直到蒙上了一層厚厚的灰。夢境至此你醒了過來。

夢醒之後的你坐在床上久久不能釋懷，孩子時候的你，父母及師長常叮嚀著要好好唸書，讓你以為只要把書唸好就等於擁有全世界。成年之後才發覺，學業上的第一名並不等於人生的第一名。

後來有人告訴你盡信書不如無書。又有人提出「第十名現象」，這個理論認為小時候成績中庸的學生因為受到師長的關注較少，學習的自主性更強，會比那些被扼抑了其他方面潛能和學習自主性的第一名學生更有出息。

後來你考上了一所九流大學，當時讓人詬病許久的大學聯考制度被推翻了，教育部趁機推出一個更爛的甄試制度。大學錄取率雖然提高了，可是大學生畢業後卻找不到工作。有媒體說，多元入學方案讓孩子成了政策白老鼠，去補習班補習的孩子更多了，跳樓自殺的孩子也更多了。

回想夢境的內容，你對於金仔和故鄉的懷念又湧上了心頭。

金仔的死亡

因為求學與工作的關係，你常從一個國度離開，又到另一個國度去，因為這些顛沛流離，你開始懷念那些舊時代裡的日子，童年與金仔共度的日子。那些日子揉雜著許多憂傷、害怕、壓抑、競爭、認同等情緒，你和金仔總是咬緊牙關度過。

和金仔有關的夢境不斷地湧進來。一開始你以為是金仔控制了你的夢，後來你弄清楚了，其實是你控制了金仔，讓金仔入了你的夢。不論你的生活如何運轉，從這一幕到那一幕，從這個謊言到那個謊言，與金仔有關的夢境，總可以與你的現實生活產生連結，似乎可以地老天荒陪著你入夜。

你們常說著熠熠閃亮的話語，深信小叮噹口袋裡的玩意兒在二十一世紀時會全部被發明出來，有了記憶麵包，那些無謂的考試又算得了什麼。可是成年之後的你卻覺得異常失落，那些孩提深信的事都在成年之後一一被推翻了。而那些孩提料想不到的事情，包括人與人之間的疏離、媒體的惡質、教育的敗壞、自然資源的耗竭等等，卻在成年之後一一呈現在人們的面前。

但是不管怎麼談論這些過去及現在，金仔到底都看不到這一切了，那一年金仔永遠消失在那一池溪水裡。

你永遠記得金仔泅泳到那溪水的最深處，在那深不見底的小溪溝裡，金仔倏地離開了人世。你曾嘶聲地呼喊他的名字，也曾經想著要盡全力游過去救他。在那漫長的焦慮之中，金仔走得匆促，鄰近的大人趕過來時金仔已經溺斃。

很少人在你當時的年紀，就得面臨一剎那之間就要做出抉擇的情況。當時你來不及思考，只能夠立刻決定游向那溪溝，或者留在原地瞧著金仔滅頂，但是懦弱的你選擇了後者。金仔離開之後你常常哭泣，你也不願意再到池裡去洗澡；金仔和你的童年、和你的競爭、和你的情誼就在那一剎那之間離你遠去。

金仔離開的事實，在小小的鄉鎮裡引起很大的震撼，父母不再讓孩子單獨在溪水裡洗澡，就算在父母看顧下戲水，也不准越過那深不見底的小溪溝。但也僅是如此而已，最後你離開村莊遠赴城市求學那年是十五歲，人們已經逐漸遺忘了金仔，事情就像是不曾發生一樣。

那時候的媒體不如現在這麼多，金仔溺水的事情沒有被記錄下來，除了你之外，似乎不曾有人記得許多年以前，有一個年輕的孩子在那溪溝裡丟了性命。

此後你注定再也贏不了金仔。

金仔對於你來說就像一個遙遠的目標，你對於他的任何一切都非常著迷，即使你用盡各種方式跟他競爭。但你其實非常清楚，你不可能超越金仔，即使在凡俗的、物質的、虛名的、利益的各種層面你偶爾勝出，但在精神上，你卻永遠不可能超越金仔在你心目中所象徵的高級地位。

孩子的時候，金仔總是高你一等，他比你高一個年級、高一個個頭、比你擁有更豐裕的物質，他總是代表著你所渴望變成的男孩的樣子。你和金仔常常一同想像未來，常常為了成長、為了未來世界的美好而興奮不已。

後來你常常暗自思忖，如果沒有那只老舊的中古黃色書包、三槍牌內衣，你不會如此痛恨貧窮，而努力向資本家靠攏；如果沒有經歷過那些童年的憂傷、金仔的離開，在社會競爭的過程中，你怎會懂得珍愛生命？你和金仔之間的深刻聯繫並沒有因為金仔離開而結束，反而更牢牢地存在你心裡了。

對於像你這樣在偏僻小鎮長大的孩子來說，追尋知識所要跨越的距離比任何人都要更遙遠，原本你該是一個平凡的孩子，在鄉村裡繼承父親的志業，將一輩子奉獻在農地裡，可是你卻發瘋似地逃離這個村莊，向無窮深遠的都市裡去了。

成年之後再回頭看，你恍然大悟你大抵上還是受著金仔的影響，生命的脆弱讓所有複雜的表象都顯得簡單不過。成年之後你縱然讀了許多書，取得一個還算不錯的學位，不過你心目中的生命道理卻非常簡單。

「除了為金仔而奮鬥，你從來不擔心自己失去些什麼，既然什麼都不在乎失去，就了然於死亡及恐懼。」在你和金仔脣齒相依的夢境裡，經常有這個聲音從內心深處迸發出來。

在無量無數的生死輪迴中，你沒有在此生錯過金仔，真是一件不容易的事啊！

如果再給你一世的生命，你深信還是會遇見金仔，他會縱容你的頑劣，聽你說些愚蠢但真切的話。在清水勁急的海風裡，你暗自希望，如果來生還有機會遇見金仔，你們之間該是戀人的關係。

每當你向他人說起金仔的故事，他們總會俐落地結束這個話題，人們說：「人與人之間不可能水乳交融。」但每次你想起金仔那時候落水的姿態、泅泳的姿態，你還是會相信人與人之間深刻的聯繫，即使青春歲月如斯消逝。

顛倒見

一

你感到生命荒蕪的那年，卻也正展現出你對事業的氣魄。那年你在美國加州聖荷西從事系統專案顧問的工作，二十九歲的你已經看過太多大起大落的資訊公司，許多原本炙手可熱的當紅上市公司，爬上天堂的時間很快，但是墜落時同樣也是。這幾年網路泡沫化的現象彷彿是一場大地震，你同時體驗了天堂與墜落。

世間的一切你已經逐漸看不真確了。你第一次覺得自己的工作態度宛如槁木死灰，是在聖荷西的辦公室裡，原先業務總經理所承接的系統建置專案，在你用計畫評核術「PERT」算了專案的風險之後，你盯著細細麻麻的專案報價單發呆，你知道這是一條死路、死胡同，再高深的魔術師也變不出把戲的死胡同。

後來你離開那份工作。在這家公司效力多年，你已經不想理會那些擾人的專案，甚至也不想要工作了。你想起那幾本閒置書架已久卻撥不出時間閱讀的書籍，特別是那本休纏大力推薦的佛學書。

二〇〇二年夏天，你終於從書架上抽出一本佛書並讀完了，參加了一個佛教組織的讀書會。後來你從聖荷西回到台灣，聽了休纏的意見，到這個佛教組織擔任義工，義務負責組織內的ＩＴ專案。休纏說服了你皈依三寶，並且你擁有了一個至今都還記不住的法名。

你對於佛教組織並不排斥，認真追究起深切的原因，只不過是你想親近休纏而已。

「休纏，我也希望可以再多認識這世界一些，卻更擔心深入之後，會發現自己原來無法適應這個世界。」你這麼對休纏說。

「你老是要以種種因時因地、莫衷一是的價值觀來判斷事情，會有問題的，人們最大的困難是來自——總是過於相信他們頭腦的判斷。我覺得你該真正認識的是你自己，而非這個世界。」休纏回答道。

休纏說完這話的同時，突然極為狡猾地撲倒你的身軀，粗魯地拉起你的雙腳，你迫不得已只能以雙手撐地倒立起來。休纏的力氣大，讓你無法掙脫開。

「你平時所看到的世界，就像現在，都是倒著的。你一直都在執著一些彼此間無法連貫的破碎觀念，處處都是矛盾，所以煩惱不斷啊！」休纏說。

而你喘著氣向休纏求饒。

「這就是顛倒見。」當休纏說這句話的時候，你看著他，分不清究竟是他顛倒還是自己顛倒。

二

休纏是頭一個讓你傾心的男人，你認識他的時候，休纏才三十五歲，他的專長是網路安全，在聖荷西工作了幾年。身為美籍華裔後代的他，從小在美國生長，卻一直對自己的文化背景及民族血統充滿興趣。即使在以英語為母語的環境中接受教育，他的中文卻說得極為流利，這常讓他不禁思索自己與東方之間的因緣。

在一個心靈與天氣同樣蕭瑟的季節，透過一位東方朋友的引薦，他在聖荷西的一座禪寺中聽到了禪師說法，自此之後，禪的思想就在他的腦袋瓜裡轉啊轉，拼貼出休纏對於禪法無止盡的渴求。

於是休纏就隨著禪師回到台灣。剛踩上台灣的土地，休纏就直覺這是長住久安之處，那座仰山的禪寺、鄰近寺院的荷田、剛興建好的大雄寶殿，有一份熟悉的感覺悄然地向休纏襲來。

休纏從台灣寄了電子郵件到聖荷西給你，信中附上禪寺的影像，從相片中，你看到那座禪寺並無特殊之處，半舊木門及斑駁的寺名題字，顯示出禪寺的平凡。休纏說起禪寺的清淨莊嚴，幾尊銅鑄的大佛佇立在殿內，其中一尊高約四丈，雕鑄的工序繁複細緻。

休纏在信中敘說著禪寺中種種的好，談了許多對那裡的憧憬，那時你已經略為意識到，有一些禪法的思想已經潛伏在休纏的腦海裡，休纏的某部分，似乎已然被喚醒。他說每回只要一踏入大雄寶殿整顆心就沉靜了下來，是個適合返照自己的地方，囑咐著你一定要來看看。大概是想念著休纏，你辭別了聖荷西的工作，整裝回家。

乍回台灣的第一天，你沒有花多少時間在家裡駐留，放了行李，搭上巴士，又轉了一趟計程車，越過一整片荷田，循著曲折得不可思議的道路，你找到了禪寺。那日正逢雨天，休纏佇立在禪寺屋簷下，盯著簷角滴落的雨滴發呆，你在遠遠之處瞧見了他，大聲地喊了他的名字，那從自己思念深處喊出的聲音卻像被沖入了雨裡，你也不確定休纏是否聽見。

你躲進他立足的簷下，發覺休纏比以前略胖一些，你瞧著他與往昔無異的面容，只是雙眼比以往更為炯炯有神。

「以前總忙著追求物質享受，狂激蕩慾，從沒有想過罪，也沒有想過贖罪，過去身處吵雜的環境中，卻是昏睡不已，如今在這靜謐的禪堂中，一切都清晰到毋須再費力。找到自己，就像是突然一覺醒來的感覺。」休纏這麼對你說。

即使接觸禪法不久，禪師認為休纏根器好、悟性高，也夠用功，不論是對佛法的學習或禪坐的修行都很精進。

「什麼是悟？是不是持續的打坐就有悟的可能？」你曾經這麼問過休纏。每次你這麼渾渾噩噩地問了問題，休纏總是笑而不答，而你總期待他至少能夠給你一些蛛絲馬跡。

「就好像是演算數學公式，最後想出答案的那刻，就是悟。也好像走迷宮，踏出迷宮的那一剎那，就是悟。」休纏想了一想，大概是思考到你是一個理工背景的人，想出了個你能懂的比喻，這麼回答。

你常常為休纏的體貼著迷，那是一種讓你為之傾心的美好。後來的日子裡，雖然休纏沒有囑咐你要勤打坐，但只要休纏到禪堂去，你一定跟著去。

那禪堂並無特殊之處，平鋪的木板已經老舊不堪，但是你頭一次踩入禪堂時，卻升起戰兢畏懼的奇妙感受。

日子久了，禪坐的工夫比較熟練了，但是簡單的盤腿打坐還是折騰死你，無論是單盤還是雙盤，盤起來的雙腿令人漲痛難忍，你經常要費盡全部的氣力，去抵抗放棄禪坐的念頭。不過即使這麼規律而密集的禪坐、聽聞佛法，在問號及答案之間還是充滿著波譎雲詭。

你經常會因為系統專案的關係，在打坐時分心妄想，但是你每次打坐又規定自己出入禪堂的時間，希望可以藉由數息的訓練，解除對生命的種種困惑。但是不在打坐時去思考專案的種種，這遠比你想像中困難。

這樣的情況沒有持續很久，休纏傳授你的數息方式讓你受益不少。你反覆地從一數到十，你數呼吸的過程當中，那些紛亂的思緒都停了下來。對總是不停地思考的你來說，計算呼吸數目的禪修方式是格外有效的入門方法，只要把注意力留在數息上，自然沒有多餘的心思妄想。

陪著休纏在禪堂連坐兩柱香的那天，你已經逐漸能掌握數息技巧，雖然過程當中屢次警覺心念晃動得厲害，一些專案的麻煩事又趁機傾了進來，但是透過數息很快你又忘卻了這些事物。

「休纏，我覺得我愈來愈接近悟了。」能夠掌握數息法的幾天後，你這麼對休纏說。其實這一切無非是想討休纏歡心。

你把大部分的時間花費在禪坐上，即使仍有些不明就裡，仍強迫自己隱忍著腿痛。休纏似乎看出你的心事，這麼對你說，「你並沒有接近悟。在禪坐的過程當中，你太用力了，身體上的任何緊張，都反映出心的執取和虛妄分別。」

「放鬆就能開悟嗎？」你對休禪說的話似懂非懂。

「覺知到身體上任何部位的緊張，就盡量放鬆。不要去試著抓住呼吸、控制呼吸，只是安靜、放鬆地數著自己的一呼一吸。在當下的每一刻沒有任何取捨分別，沒有盼著愛，沒有想著樂，沒有要離恨，也沒有要避苦。」休纏說。

當休纏這麼說時，你才稍能體會自己還是執著。他的話語讓你感到背脊發涼，但又那麼地篤實而溫和。

「悟，就是吃飯的時候吃飯、睡覺的時候睡覺，心不取捨分別，只有處於當下。」休纏最後這麼對你說。

三

你第一次聽到「吃飯、睡覺也是禪」的道理。在那一次禪坐的經驗裡，盤腿的痛楚格外深刻，休纏給你的話語也是。

那段時間，在禪寺的義工工作，你接手了組織的人資系統重建規劃。你計劃將勞健保眷屬資訊、員工們的出勤紀錄、薪資計算發放等作業全面系統化，並且將層面提升到規劃員工職能、人力資源管理等策略性的作業。

你很訝異人資部門的工作人員對繁瑣的行政作業，總是處之泰然——耐心地填寫著表格，妥善地把表格分門別類收納到標示清楚的資料櫃，至今仍使用紙張表格來進行流程管理。

從事系統專案建置工作多年的你，又擔任過幾年的顧問工作，很難漠視這些情形。你找了機會向禪師說明：「一直坐視人資系統不管，是不可能解決問題的，反而增加了管理的複雜度。現在的電腦作業系統已經無法符合組織的規模需求及時代潮流。一定要趕緊著手處理，否則人力和耗材成本只會不停地增加。」

就像禪師使用棒喝來引導弟子入禪門，你也使用很多旁敲側擊的方式來引導禪師重視人資系統的問題，一次又一次地向禪師說明你的計畫。大概是對於原本的系統變動過大，能夠決策的禪師一直裹足不前，他盡是在臉上堆滿著笑，只是靜謐地諦聽，沒有點頭答應也沒有搖頭，就讓日子逐一消逝，直到你的眉頭擰了起來。

看著這個現象和事情，你開始發現內心裡的怨懟跟仇視出來了，不知不覺中，瞋心和慢心日益浮現。這感覺，與你在從事系統建置專案顧問工作的那幾年竟有些類似。

你看著在這個平和組織裡勤奮工作、付出的人們，似乎都受過良好的教育與專業訓練，但是他們卻仿若過著隔世的生活，忽略了資訊的發展、忽略未來的趨勢、忽略了可見的在生存上的競爭力。

你求助於休纏。

「你看看你，連吃飯睡覺都想著專案的事情，不肯好好吃飯，也不肯好好睡覺，你要以平常心來看待專案，讓自己好好吃飯，好好睡覺。」休纏說。

當休纏這麼說時，你似乎有點懂得禪法了，真的就如同休纏說的，不過是吃飯、睡覺而已。

「這就是隨相而離相。」休纏這麼說。

四

你在休纏幾次對你說的話裡，更了解休纏一些。

他教你在處理專案工作時，要盡可能排除自己的好惡偏見，但仍要盡一切努力，而事後的成功失敗就不要放在心上了，也就是隨相而離相。

「無法解決的事情，你煩惱也沒有用；可以解決的事情，你又何必煩惱。」你聞言，心理讚嘆著休纏的智慧，原本屨雜的思緒也漸漸開朗了。

像休纏這樣的俊美男子，該如何才能討他歡心呢？你每次跟著休纏進禪堂，就會被他玉樹臨風的威儀所感動，但卻又無法止住內心的悸動。休纏每回對你談及佛法禪觀，雖然受益甚多，但是你對於兩人感情的美好想像總是拼貼好了又散亂。

你對休纏有一種無法言喻的情感。休纏收服了你往昔的野蠻習性，可是你眷戀野蠻時期的放縱，發現再也回不去了，特別在你似乎愈來愈懂得禪法之後，你祈求著休纏能夠留些許的情感給你。

想到這裡你就覺得自己像雙人舞的舞者，失去了舞伴，只是一個人不停地獨舞，那種類似死亡的孤寂，讓你覺得異常苦悶。

心呢，一點一點地擰緊。你希望所有對休纏的慾想都能夠在心擰緊的同時，滴落成液體，逐漸蒸發消逝。而到了痛楚不堪、無法承受的時候，你忍不住吸著鼻子低泣起來。

當這些對休纏的慾望超載時，你知道自己該起坐了。遂徐徐動身而起。

可是你到底能夠放下這份情感嗎？

五

「休纏，把自己關在禪堂裡、盤起雙腿、一念不生難道就可以開悟嗎？出了禪堂還不是要回到紛紛擾擾的世界，打坐有什麼意義？你有認真看過自己的內心嗎？」你追著休纏問。

休纏笑而不答，你從他的面貌上瞧不出無奈還是喜悅。他只是純粹笑著，你一度認為他的笑讓你整個生命都荒蕪了。

「休纏，在修行的過程中，我是全心全意地把你當成支持我的重要力量。你曾經說過，要能夠了悟萬法唯心造，一個人才能真的為自己的言行負責。但我只是不斷地感覺到自己的孤獨孤獨孤獨！你教我啊，我要怎麼為這個快要將我吞噬的孤獨負責！」隱伏在每一個看來寧靜美好的呼吸之下的委屈和傷心，終於再也無處藏身，你央求著休纏給你答覆。

你想起你和休纏曾經有過的愛情，在聖荷西相濡以沫的日子。你們曾經因為資訊的榮景而發達，並且編織著美好的兩人世界，只是轉了一圈你又回到了台灣，如今那些情感由熱切轉為恬淡，那些細碎的前塵舊事……。你的內心湧入一股巨大的孤寂：「你難道不感到孤寂嗎？不感到孤寂嗎？」你又追問了休纏一次。

「如果彌補孤寂的代價，是要我放棄一切清醒的可能，那我寧願選擇與孤寂一起，這是你已經知道的。但你不知道的是，當你與孤寂不離不棄最終合而為一，無恃無憑獨立於天地之間，孤寂早已不在。」休纏一字一句說得令你幾乎不敢看他。

那一刻有眾多畫面進了你的腦海裡，你想起你讀過一些關於埃及聖安東尼（St. Antony of Egypt）的故事，他拋棄了原本富裕的生活，到荒涼的沙漠隱居，並且引發了數百人的追隨。不知道為什麼，這一刻你把休纏與聖安東尼聯想在一起。

你一直思索這當中一件相當重要的事情——你快要錯過休纏了，你快要錯過休纏了……。

六

休纏的話語漸漸少了，有時你會問他一些意見，可能是關於人資系統專案建置，也可能是關於禪修上的問題，偶爾摻雜著一些私人的感情問題。

這陣子你有一種奇妙的感受，你常常覺得休纏牽著你的手，帶著你穿過一扇又一扇的門，休纏總是帶著體貼及盈盈笑意，耐心地告訴你下一扇門有多遠的距離，你會經過什麼樣的道路，以及該如何面對。

透過這些穿行，你充分享受著休纏帶給你的體貼及美好。只是當走到了眼前這一扇門，你似乎警覺到，休纏已經不在你身邊了，這時才發覺休纏從來不曾牽過你的手，而你卻走到了一處完全陌生的地方，你落單了，並且發覺自己的恐懼。

就在你覺得真的要錯過休纏的那陣子，妄念漫天蓋地而來，在禪堂裡簡直無法打坐，休纏如往昔一樣看出你的憂愁，而你推說是人資系統專案建置的進度逼人。

「這陣子你可以多拜懺，讓雜亂的心緒安定下來，對於專案一定會有幫助的。」你並不確定休纏是否瞧出了你的心事，他又接著說：「你需要徹底的休息。」

你在禪堂裡拜懺，一邊想著和休纏的私情，想到自己的自私及執著。就這樣拜下又起身、拜下又起身……直到啼哭之聲充斥整個禪堂。

七

組織的人力資源系統最後還是告吹，你原本動了撒手不管的意念，畢竟你在組織裡不過是一名義工而已，但是大概是這陣子與休纏一起禪修，你已經漸漸可以做到隨相而離相、心不隨境轉。因此你主張把業務委外給市場上專業的人力仲介或管理顧問公司，包括薪資代管業務、長短期或中高階的人力派遣、專案人力外包及人才仲介等服務。

而禪師也點頭應允。

人力資源系統建置有結果的那一季，另一個因緣也成熟了，休纏進入禪寺已有兩年，禪師覺得休纏的道心堅定，准許他剃度出家。

剃度的前一天，你整天耳內嗡嗡作響，身心無法安定。你去找了休纏，休纏維持他一貫定定的神情，他引你到他的辦公座位上，拿出一張紙及筆，畫了一隻正在渡河的兔子。休纏所繪的兔子身軀很小，不論怎麼游，腳都搆不到河底。「所以兔子並不知曉河究竟有多深。」休纏說。

接著他又畫了一匹馬，馬的四個蹄子在剛踩進河的時候，是可以踩到底的，但是到了河的中央，馬的四個蹄子一樣搆不到河底。休纏說：「馬也不知曉河究竟有多深。」

最後他畫了一頭象，不論是在剛踩進河的時候，還是在河中央，象始終都是穩穩踩到河底的。「只有象知道河有多深。」休纏的面目寧靜而美好。

你細細端詳著休纏的臉和紙上那道起起伏伏的河流線條，舌頭麻木地不知道該問些什麼？

「你看，兔子、馬、象在過河的時候，所體會到的河水深淺不同，就像每個人對於般若的領悟和體會亦是有深有淺，但無論體會的深淺，都能過河，都能得著佛法的益處。」

「般若？我更迷惑了。」

「般若，這是印度的梵文的音譯，是一種對空性了悟的究竟智慧。」休纏說。

當休纏這麼說的時候，你覺得慚愧地想哭。你一直想占有休纏，但休纏卻是如此堅定地走上了這條無涯無際的菩提道路。想到這裡，眼淚不自覺又爬滿整張臉。

「讓散亂的心進入持續集中統一的狀態，這只是初步的定境。但是之後，連這些完整、充滿的感受都不執取，直到身心自動脫落，才能如實照見諸般因緣，如實照見的過程，才能說是禪悟吧。到那裡，你才有真正的自由。」休纏給你的最後一句話十分溫柔，那是一種讓你心裂的溫柔。

八

休纏剃度的當天，共有五位受戒。除了休纏之外，另外四名均為女眾，觀禮者有一百多人。在莊嚴隆重的典禮上，休纏剃了髮、換了僧衣、僧鞋，照慣例進行辭親儀式，象徵著辭別世俗的家，也感謝父母成就此段因緣。當休纏走到雙親的面前，頂禮三拜向雙親辭行，雖然在場的人都說這是一樁喜事，但他遠從美國趕來的父母已經哭成淚人兒。

那時候的禪堂景象、那時候的莊麗氛圍、那時候的休纏、那時候休纏雙親的淚水，你張大著眼，粗吐著氣，貪婪地想要牢牢記住這一切。終於你清楚地知道，你確實在這一刻就要錯過休纏了。

禪師在上頭開示、說戒，他說：「眾生往往先執著有我，所以會進一步執著我是常的、樂的、淨的，在佛法中稱為顛倒想。世間人有常、樂、我、淨四種不正確的知見，故又稱為四顛倒。」

在禪師開示的牆上，寫著四顛倒的雋語，「淨：執著身心是乾淨的」、「樂：執著世間有快樂」、「常：執著世間有一個永恆的我」、「我：執著有一個我」。

「世人大多存有顛倒見，而顛倒的根源就是自私心，若以自私心來看這個世界，看到的任何事物都是顛倒的。」禪師接著說。

九

「若要能夠真正的瞭解禪法，就只有真正如實修證，若沒有對禪法深信不疑，一路以證得的資糧，繼續深入下去，，我也許到現在仍在社會的看法底下隨俗沉浮。一旦我有過這種清清楚楚活著、覺醒的生命經驗，就不會再錯過，不可能錯過……。」這是後來你收到休纏傳來的電子郵件。

自此休纏的音訊就少了，偶爾你去禪堂看看他，偶爾也翻閱一些他囑咐要你閱讀的書籍。

你想起和休纏一起在聖荷西的日子，還沒有來到台灣的日子。他拉起你的雙腳，讓你顛倒著觀看這個世界，那些原本你以為嬉戲般的動機，居然隱藏著這些微妙的智慧。

你覺得你似乎更懂悟了，也更懂休纏了，想著想著就綻開了笑顏。

夜白晝黑

一、夜白

上工是晚上九點，返家約莫一至兩點，你心裡有個鐘鎮日計算著。你不信青春會隨著歲月變遷而所有改變，那肉體散發的賀爾蒙分量足矣，門不啟而自啟。語言浮華而薄倖的男客人死命地盯著你的青春。青春是你緊貼著自己身軀的上衣，好俐落裝扮的短髮用髮蠟打理得很好，緊挨著肩，你和其他男孩一起走至大廳，布滿空中的墮落氣息其實是混濁的香水氣味。男孩和你之間沒有區別，待價而沽都筆直著身軀，前後都簇擁著其他的美男子，在這樣的年紀，不論容貌、身軀，你們都該是美麗的，包廂中那幾位男客人因此同時把目光投射過來。但你們醜陋的心態歪歪倒倒混雜在堆疊的俊俏臉龐當中，為了能多掙五張百元鈔票，為能多多服侍客人，喝酒賣笑。似笑非笑的表情，你像極人民幣上的毛主席。那紙鈔上的主席都黏和著濃濃的菌味，顯然是一張被眾人觸摸的臉，沒有表情，沒有辦法拒絕，每個客人之間傳遞的都是細微的汙漬，沾上了毛主席的似笑非笑的臉。如同你的臉，勢單力薄，誰都可以摸上一把。

為了坐下來多掙五張紙鈔，哪怕那些客人在你們的身上或語言上佔便宜。

即便是上次那個無端給了你一巴掌，罵罵咧咧地說是你是個孬種、存心生下來讓人們糟蹋的富家公子。但隨即又要你擁他入懷的還是那些富家公子們，讓他的香水味兒撲在你臉上，你從不回嘴，就任由他們嚷嚷。

你名叫小白，只在夜晚出沒。對於你的選擇，你從沒有質疑過些什麼，甚至連思考過的痕跡都不存在。

青春之於你，不是流逝的時間和生命，而是不朽的掙錢利器。你能帶著青春，穿越那些脂粉花叢，讓客人在你的懷抱裡歡喜。即便他們反覆無常，狠狠地咒罵你是存心生下來讓人們糟蹋的小孬種。

你本來就打算賭上的價量青春被糟蹋又如何？青春不過稍縱即逝，在還沒有遇見黑老師之前，你的心扉並沒有打開過，迷路且沉淪著。

二、晝黑

陽光疏疏落落的灑在孔子像上，站在孔子像前許久的你，正在回憶著不久的從前。這就是你的心願，揉雜著父母的叮嚀以及家鄉青梅竹馬的依戀，你將為人師表。

家鄉盡是民工農工，是個墳，再好的青年都不能留在那兒。行李透過母親的手遞了給你，是簡單的細軟跟窩窩頭，囑咐一定要努力讀書方有出息。如重擔一般的是父親僅存的積蓄，這麼厚重的鈔票你從沒有拿過，黏呼呼的汗味更是添增了得來不易的分量，推託，可是他那厚繭的雙手混雜著汗水，緊握著你不放。

告了別，搭上火車到考取的師範大學去任教，踏上教育之途，作育更多的孩子。告了別，海角天涯就是一別，你要出發去一個陌生的城市，理想將會從放手這一刻無限展延，遠方將有許多孩子等著你的教育，你彷彿聽見孩子尊稱你一聲黑老師，那是對知識求知若渴的聲音，想望的那瞬間彷彿正領受神諭。

你的善良似乎是與生俱來，人們稱你為黑老師，黑老師並不黑，比誰都要善良。

但你有著最高機密不能洩漏，你內心祈求一點點溫柔，等待什麼可以無私付出，你確信那該是一個男孩，可能靠在你的胸膛上，如同一朵向日葵微微對著你笑。

但那並不善良，如果以一個老師的身分去親狎一個男孩，那很邪惡。如此難以言喻的情感無法向誰傾訴，特別是在入夜之後。

三、夜白

必須承認的，你的青春迷路且沉淪著，卻不知道從什麼時候開始有了期待。在那一群如狼似虎的客人中，你期待找到一個男人牽引著你的目光。他根本不屬於這裡，只源自於純粹的意外。最要緊的，他將帶來救贖，能夠在第一時間辨認出你。沉重不堪的記憶及罪惡從救贖降臨的那一刻開始，就不需要再承受了。你青春的肉體和你夜晚的喘息將永遠歸他所有。

但是你終究不屬於誰，那些念頭愚昧也該捨棄，這兒是淪陷在銅臭裡的罪惡之地。這些空想幾乎在每次的選秀之後被喚醒來，你們這些緊挨著肩的男孩們，被客人用貪婪的眼神實實在在、肆無忌憚地掃過，用歪笑的嘴臉踩爛你的自尊，品頭論足。

那些無禮與放肆鬧哄哄地敲醒了你。你暫時說服自己，揚動你在空中的氣味是你唯一要做的，傳遞給眼前的客人無形無狀的青春，擠壓出一抹微笑，得先攢這一條錢。讓他們選擇你，這可比空想要濟事多了。

矛盾不斷地在心底咆哮拉扯。從深信到摧毀，摧毀之後再重建希望。而客人走了又來，來了又走。你總是片段片段地去胡思亂想那些問題。

久久以來，你經常覺得自己與生俱來的良知一度失蹤了，昧著良心去幹些自己不願意的活兒，欺騙貪圖你身體的男人們。這個圈子你其實很想脫離，會有一個男人自始至終都是屬於你的，心智彼此貢獻，他享有你的身體，而你不需要再為了金錢而操煩，這是最終的救贖。

那些短暫的快樂總是被切離成短短的無奈，在每一個陌生客人來到時亂了次序。

直到那天，你在一群黑鴉鴉的客人堆中發現了他，黑老師。你們的臉龐在大廳昏暗的鎢絲燈下都朦朧了。黑老師姓黑，但一點也不黑，那張臉透著清秀的氣質，硬是給壓了下來的，是你們的妖氣。

你窮盡所有的媚態去迷惑他，盯著他猛瞧。全然的真誠與純粹都在笑靨裡，你已經許久許久不曾給過誰真誠，畢竟那是愚昧至極的，客人只消搖一搖頭，你就必須恭恭敬敬說聲謝謝，退下場去等候另一組客人。這種遭遇是極其難堪的，伴隨著灰慘慘的表情和心態。

今天你反常了，你說不上來由。也許因為今天是你二十三歲的生日，你潛意識地想要慶祝。也許這男人就是你的救贖，從千山萬水的遠方而來。

四、晝黑

你入睡之前，自腳邊開始襲擊到頭頂上的是寂寞層層疊疊，難以言喻的情感無法向誰傾訴，你用胸臂將自己緊緊地環了起來，但即便是如此，也無法將那些無以名狀的寂寞卸下。你沒有意識地離開了床，如夢遊般盯著電腦螢幕，晃到這又晃到那兒是手上的鼠標。在這裡有一種安全感，不必有姓名和頭銜，沒有人知道你打從何處來，甚至沒有必要透露出你教師的身分。你躲藏得極好，可以從這個現實的世界走到另一個世界。散落眼前的是幾個裸著身軀衣不蔽體的男孩，其中一個胸膛渾厚的東方男孩你特別鍾愛。這一刻他的身子是屬於你的，舒展屬於你私人的空間。你一方面觀賞這些裸男們，一方面探索你自己的身子，體驗是奇幻，每夜燎原般的慾望都可以在此時得到紓解。

男人裸露肉身的網頁，經常伴隨一組電話，像是持續召喚誘發你的好奇心，直到有一天你終於撥打了那組電話。你想知道會發生什麼事情？已經氾濫成災是你對於男孩的渴望，哪怕是被冠上召男妓的罪名，那也是你自取之咎。

依循人們期望方向是你的人生，那條路上壓根子就不容許出軌，即便電話那頭青春聲音撩人，心底罪己的聲音也必要遵循。

都市裡滿是揚起的塵土，灰濛濛路面讓路途值得期待，也略帶些恐懼。直到抵達目的地那刻，突然紅潤了起來的兩頰，讓你傻裡傻氣地付了出租車的錢。

五、夜白

顯然，男人也注意到你了，你對他兜售的笑容獲得了回應。他示意要你在身旁坐下來。一哄而散，幾個你身旁的男孩必須前往其他房間，接受其他陌生客人的點評，直到獲得某個客人的青睞選擇了他們，用鈔票為他們今晚的流浪畫下句號。

你招呼著他，為他斟滿酒杯，從透紅的酒液中看見他羞澀的神情。這是你經常做的事，偎著陌生男人的胸膛，說些話語虛情假意。實話說，那些話語對你而言是再粗糙不過的謊言，然而為數極多的客人選擇相信，他們打從心裡信任，用悲憫同情的態度接受了你的話語。

你胡謅。為了照顧家裡身體衰竭的雙親，你沒有太多的堅持就放棄了學位。你的命早已經分不清楚該屬於誰，該換你把自己的生命還給雙親，唯一你能做的就是盡可能地掙錢。用一絲不掛的身軀和被糟蹋的笑靨取悅那些從各地湧來的客人。說到這兒，你的憂傷就會不經意布滿臉上，命運的艱難在你身上處處可見，也處處可憐。

這伎倆是你擅長的，你相信黑老師並不會在你的哀傷上停留太久，淒淒楚楚的你，確實擁有這方面的天賦。

「今天是我的二十三歲生日。」你說著就把身分證秀了出來，今天的日期在那裡確確實實寫上，這一切全然是個巧合，但也是一個難得遇上的表演機會。

老師的單純讓人驚嘆，他的純粹與這兒格格不入，他是雪白的菅芒，不用懷疑。他把一切當真，謊言很快敲入他的心房，絲毫不用花費力氣，他聽著聽著絞痛著心疼著。

你想給純粹的黑老師一個純粹的吻，把嘴湊了上前，哪怕你不知道吻過多少陌生男人，脣上盡是陌生的唾液。那個純粹的吻像是把真心給出去了，黑老師的回應讓你以為自己確實找到了救贖。

今天是你二十三歲生日，他將以堅實臂膀去包容你骯髒汙穢的過往，包容你反反覆覆糾結的情節，你終於遇見了救贖者。黑老師是你的生日禮物。

六、畫黑

在這兒出現是第一次，經過揚揚塵土。向來循規蹈矩的你，遵循著是人們給你的道路，沒有太多過分的出軌，一生之中，為人師表的包袱你一直背負著。

免不了的是好奇心，從你撥打那通陌生電話開始，你跨進了一個不熟悉的圈子，你明白的。似夢非夢。這一刻你不再具備為人師表的身分。

明顯格格不入是你在這兒的風景，排起長長隊伍的男孩們，每一個人都具有不同的姿態。在那長長的人龍當中，你很快就發現了小白。他的稚氣及單純的臉龐使他人如其名，沒有一絲匠氣，活脫脫是青春的線條。雙目引盼流轉在你和小白之間，他期盼被你選中的綿綿情意也無可隱藏。但小白是個委屈的男孩，那張青春的臉蛋背後卻有著無能為力的身世，他窸窸地訴說著，每句話語迸出的瞬間都讓你的淚水奔跳而出。

你溫柔地把小白擁入懷中，他露出兩隻眼睛骨碌碌地盯著你，窒息的那刻。

你是無數貧窮平凡老師中的一個，沒有經濟能力及影響力可以拯救懷中的這個男孩。小白彷彿把自己所有的期盼交到你手上，瘦稜稜地哭，單單望著你。你根本無法拒絕小白凝視你的眼神，所以你打算拯救小白。

你似乎註定要幫助這些孩子，從出生開始。小白有張似曾相識的臉孔，如同你曾經教導過的可憐孩子一樣。你出生的村子，父母的期待溢滿出來，家中值錢的一切，能變賣的都繳了出來，只為了讓孩子在學校裡可以有一張座椅。家長們清楚，如果把孩子送進學校，一切都會不同。在學校的你，一步一步引導著孩子，每一個家長都把這些希望寄予了你，期待透過你的教導來改變孩子的命運。所以你確實明白，小白就是其中一個苦難的孩子，他的命運在這一刻託給了你。

家長們的期望你從來沒有辜負，而你也沒有打算辜負眼前這孩子的期望。

似乎特別感性及感傷的小白二十三歲生日。聽小白說話是一種你從來沒有過的經驗，那些故事在蜿蜒的巷道當中繚繞著，每一個轉折都可以觸動你的心弦，一寸一寸地深植你的心底。

「我帶你離開這裡好嗎？就當成你的生日禮物。」你信誓旦旦地說著。想必這話語鏗鏘有力，在男孩心底肯定也起了漣漪。

七、夜白

那些曲子是一聽再聽的油膩，而煙酒味瀰漫著整個包廂。異常平靜且尋獲救贖的你，純粹且無邪的黑老師。一切真相你打算肆無忌憚地吐露出來，全盤托出換取可能實現的救贖。

黑老師單純的傻，你胡謅的悲慘故事像真理一般進駐，你每說一句話，黑老師就搖搖頭。更緊一些地抱著你。

你說，那些悲慘故事是一個個被完美包裝著的謊言，說給一個男人聽，也說給十個男人聽，客人口袋裡的錢就如此被輕易騙取出來。客人是西晃東搖的小木船，不消多久就要翻了，沉入江底。有著青春肉體的男孩在江底是食人魚，等著飽餐一頓。

你說，那些互聯網上的電話號碼是罪惡的源頭，每一個撥打電話的好奇人士都被引導到這裡來。你說，他們的眼裡盡是滿屋子擁擠的俊俏男孩，那防備的心很難有所作用。你說，不論是媽咪還是男孩都找不到善良，他們頂多是披著羊皮的狼。你說，你剛剛恣意向店家點的酒水，是趁機變賣了黑老師的信任，每杯要價近千元。你說，當巧立名目的高額包廂費出現在黑老師面前時，你唯一能做的就是擠出一抹無辜的嘆息。你說，當那些保安人員押著黑老師支付這無理取鬧的帳單，你必須別過頭，不施予任何同情及感傷。你說，一張張銀聯的銀行卡都成了囊中之物，不論黑老師哭得哽咽，註定要被提領一空。

黑老師不黑，他在此刻也只能順從著。真正黑的是店裡各種坑人的名目，看似雜亂卻有次序及系統地，在客人進來之後一步步顯露出來。黑老師是沒有預警，你明白的，眼前的這個男人，你開始憐憫……。黑老師和你說話時滿足的神態，那神態熄滅了。

店裡的黑白交纏勢力超過想像，大部分的客人只能緘默，把委屈深埋。人們在這裡的遭遇深埋在一座座高牆之後，沒有是非沒有公道，也沒有媒體會突然伸出友善的雙手，去揭發內幕宛如正義之士。媒體是被掌控的，永遠羞於暴露這些有政要撐腰的事業。不論你多麼寂寞，政府嚴訂，去了聲色場所都是違法的，因此也沒有任何一個受害者願意去揭發。

黑老師的悲慘下場其實是你的悲慘故事所害，一度他對此還深信不疑。你憐憫著黑老師，生活向來無虞的你，奢侈品堆滿全身的你，卻讓一個經濟能力遠遠不如你的老師，操煩著你的經濟狀況。此刻你不像其他的美麗但心存歹念的男孩一樣，死水般的心，從不憐憫客人。黑老師額頭上豆大的汗水滑落下來，那臉色在彈指之間變得慘白，那白像布幔似快速布滿了整張臉。荒謬的很，你居然動搖了，你似乎不能對於眼前的救贖無動於衷。

八、畫黑

你似乎很難抵擋小白苦苦相求，小白已經過了這般無助的二十三個年頭，他藉著生日的時機所觸發的殷殷期盼，他無以附加的脆弱已經激發起你的同情心，更有甚者，那是一段愛情的初苗。你能夠允諾他一個柔軟安全的被窩，這是你能力所及，小白脆弱不堪的身世遇上了你，也許有機會改變這悲慘的命運。

你為小白惋惜，他人如其名的一切，確實值著更好的對待。但小白卻說了，他撒了謊，他可憐的身世是幌子，詐騙過無數的客人，他個人並不如名字那樣明亮。你被引導到另外一個陰翳的場景，一些你從來就沒有聽過的騙局從小白口中揭露出來。你已經身陷騙局之中了，是眾多虎豹豺狼眼前的可口食物。

但你自以為，雙目無邪的小白正在運用各種善意的謊言，來阻止你給他救贖。匱乏的是你的危機意識，你對於自己有限的能力感到深切自責，你對小白的同情氾濫成災。

答案在你眼前揭曉，一個面無表情的魁梧男人出現，冷漠，好似在執行一項再平常不過的任務。你失去了對這個世界的信任，彷彿全身的衣服被扒了精光，男孩及彪形大漢的眼神直視著你，看著你無助地出糗。遞在你眼前是驚人的帳單，上面粗糙地編造了許多教人難以接受的名目，真如男孩所提，那些數字累積起來已達數萬元。

小白的神情略顯擔憂，你用眼角的餘光看清了這一切。

原來男孩向你警告的一字一句都屬實，你不免開始感到恐慌，到了這地步，你沒有足夠的金錢來支付這筆消費，這是很明確的。在驚慌之中你不知道哪來的鎮定，你想知道是否還有機會從中討價還價。然而那些飲料確確實實是喝掉了，對象就是慫恿你點的無邪的小白。

什麼合理的解釋都找不到了，這是惡意欺瞞。你搞不清小白究竟是不是值得同情的一方？

怎會有人把謊言說得如此輕鬆、無形無狀、沒有負擔。你固執，那些情感都被揉雜在一起。你帶著好奇心歡歡喜喜來到這裡，但卻沒有能力離開現場。

九、夜白

你感到極端地抱歉，這是第幾個你面對過的男人了？你對此無動於衷多久，即便是一個讓你心動的男人？如果這是第一次也是唯一的救贖出現在你面前，而你卻沒有採取應有的舉措，那豐熟的愛情你又怎能期待可以在未來得到？你看著男人鎖著眉，那眉間的皺摺讓你感到抱歉不已，你很難無動於衷。

正是因為你不能對於眼前的救贖無動於衷，不知道哪兒來的勇氣傾刻湧現，你愈發激動。意氣用事地站了出來，你緊握拳頭近乎嘶吼著，以你從沒有採取過的強硬語氣，你堅持幫黑老師付掉帳單。

第一次有人為第一次見面的客人埋單，在沙發上議論紛紛的是其他男孩們。旋即那位教導你們「多騙些情感，多掙錢」的媽咪也進來了，他是一位儀態略顯老邁但是身材還算硬朗的中年男子，他把你帶到面前，罵罵咧咧地指責著你，卻驚訝你如此執著，他的每一句規勸的話，句句像是地獄之音，你被這些似是而非的論點迷惑了這麼久，把自己困在昏暗的燈光及讓人作嘔的酒精中太久，掙一小搓錢卻讓青春虛耗，良知也日漸稀薄。好不容易遇見真實的自己，你說什麼也不可能再讓自己回到那種紛紛擾擾的買醉生活。

有人汲汲營營一輩子，沒有如你美麗的容顏及身軀，在卑劣的環境中卻還是持續著善良。而你在這樣混雜的圈子裡混著，卻如風一樣轉動著，沒有原則及堅持，只是迷離地去掙一些錢。在你這麼乾淨的身軀裡面，卻沒有辦法也住著一個乾淨的靈魂。

今天是你二十三歲生日，你不想再疑惑，心馳登音的生日的確是到了該來的時候。黑老師的出現成為了一股暖流，他是你翹望已久的救贖，也是你的生日心願，那些過去可以被遺忘了，只要你堅持，他就會是你所信仰的救贖，你如花般的身體也將如朝陽般盛開。

因害怕而顫抖的心被你抑制，你以悲憤的態度急急引著幾個保鏢出門，給上他們你戶頭裡的錢，那些貪婪的錢如同沉重的負擔一樣，在今天之後就會消失。男人會感激你，你幻想著。在這之前的幾個年頭，什麼樣的回憶都是舊的，而從今天開始就是新的。你會有全新的日子，整個朝陽都會為你空了出來，你想到這兒，一切突然開闊起來。

你擁有的不再是賭氣的價量青春，也將不會再被那些陌生人糟蹋。你還是一樣笑得開懷，但不在客人面前，而是在你二十三歲的生日面前。

你起身去領錢了，從今以後，你將和黑老師一樣善良。

十、晝黑

這一刻起，你愁容滿面，你確實明白無法離開現場。完完全全懊惱的你，期盼自己從來沒有撥打那通陌生電話，也不曾踩進店裡來。自己也因此不會認識這個青春的男孩，也就不至於前後反覆不定，至今仍在疑惑，小白如名的身子底下是否藏著這麼一個汙穢的靈魂？

無助蔓延了全身，從你掏出錢包的那刻。你把你全部的鈔票遞給眼前的彪形大漢，唯唯諾諾地。滿臉橫肉卻不笑一點的大漢，他面臨過的滄桑透過左眼斜下的刀疤一覽無遺。所有受騙客人的後塵，你步上了。被囑咐要在今晚結清那筆不可思議的款項，在眾人引隨之下一同到鄰近的提款機取了款，甚至連小白也隨行了。你把卡片插入提款機的細縫中，沒有意識地，空氣沉沉地睡去沒有生息，你持續取出兩千五百元現鈔，一疊又一疊，直到累積成你這幾年的存款總合。你原本打算在過年返家時一併給爸媽家用，但這些期待就在提款機一次又一次吐出鈔票那刻，落了空。在你身後的是大漢一幫人等，他們已經很習慣剝光每個執著年輕肉體的客人荷包。

你完全地付出了代價，價值觀完全被撕裂，只因為一次單純的慾念。在這之前，那些太惡意的事情從來沒有進過你的意念之中，坦然及善良是你的生活信念，你堅毅且矜持地從學生成為了一名老師，順從一個值得努力及發展的途徑，向上力量持續不變，任何一絲惡意都沒有在成長過程中發展出來。

但那些單純善良的成長默片，是該靜靜謝幕了。你在這時刻面臨了崩毀和新生，你將不再如以往那般善良無知，你成熟了一些，明白是該採取些手段來面對背叛及欺騙，否則你將會如這回一樣踉蹌。

小白在你背後笑得開懷，你並不清楚他其實正準備為你付這筆帳，對你而言，小白的笑是無限蔓延的恥笑。而你決意要在小白的二十三歲生日前，給他一次鑿穿胸膛的教訓，你握緊手上的鋼筆，轉身刺向小白的胸膛……。

SHOW小說01　PG0904

流浪的三十九巷酒吧
——傑維恩同志小說選

作　　者／傑維恩
責任編輯／黃姣潔
圖文排版／張慧雯
封面設計／王嵩賀

發 行 人／宋政坤
法律顧問／毛國樑　律師
印製出版／秀威資訊科技股份有限公司
114台北市內湖區瑞光路76巷65號1樓
電話：+886-2-2796-3638　傳真：+886-2-2796-1377
http://www.showwe.com.tw
劃撥帳號／19563868　戶名：秀威資訊科技股份有限公司
讀者服務信箱：service@showwe.com.tw
展售門市／國家書店（松江門市）
104台北市中山區松江路209號1樓
電話：+886-2-2518-0207　傳真：+886-2-2518-0778
網路訂購／秀威網路書店：http://www.bodbooks.com.tw
國家網路書店：http://www.govbooks.com.tw
圖書經銷／紅螞蟻圖書有限公司
台北市114內湖區舊宗路2段121巷19號（紅螞蟻資訊大樓）
電話：+886-2-2795-3656　傳真：+886-2-2795-4100

2013年5月BOD一版
定價：250元

國家圖書館出版品預行編目

流浪的三十九巷酒吧：傑維恩同志小說選 / 傑維恩著. -- 一版.
-- 臺北市：秀威資訊科技, 2013.05
面； 公分. -- (語言文學類；PG0904) (SHOW.小說)
BOD版
ISBN 978-986-326-082-0(平裝)

857.63 102002868

讀者回函卡

感謝您購買本書，為提升服務品質，請填妥以下資料，將讀者回函卡直接寄回或傳真本公司，收到您的寶貴意見後，我們會收藏記錄及檢討，謝謝！

如您需要了解本公司最新出版書目、購書優惠或企劃活動，歡迎您上網查詢或下載相關資料：http:// www.showwe.com.tw

您購買的書名：____________________________________

出生日期：__________年__________月__________日

學歷：□高中（含）以下　□大專　□研究所（含）以上

職業：□製造業　□金融業　□資訊業　□軍警　□傳播業　□自由業

　　　□服務業　□公務員　□教職　□學生　□家管　□其它_____

購書地點：□網路書店　□實體書店　□書展　□郵購　□贈閱　□其他

您從何得知本書的消息？

□網路書店　□實體書店　□網路搜尋　□電子報　□書訊　□雜誌

□傳播媒體　□親友推薦　□網站推薦　□部落格　□其他__________

您對本書的評價：（請填代號　1.非常滿意　2.滿意　3.尚可　4.再改進）

封面設計____　版面編排____　內容____　文／譯筆____　價格____

讀完書後您覺得：

□很有收穫　□有收穫　□收穫不多　□沒收穫

對我們的建議：____________________________________

____

____

____

請貼
郵票

11466
台北市內湖區瑞光路 76 巷 65 號 1 樓
秀威資訊科技股份有限公司 收
BOD 數位出版事業部

（請沿線對折寄回，謝謝！）

姓　　名：________________ 年齡：________ 性別：□女　□男

郵遞區號：□□□□□

地　　址：________________________________

聯絡電話：(日)________________ (夜)________________

E-mail：________________________________